青春飞扬

——鹏飞文集

漆鹏飞◎著

知识产权出版社
全国百佳图书出版单位

责任编辑：宋　云　　**责任出版**：刘译文
策划编辑：沈　琰

图书在版编目（CIP）数据

青春飞扬：鹏飞文集/漆鹏飞著.
—北京：知识产权出版社，2013.12
ISBN 978-7-5130-2547-8

Ⅰ.①青…　Ⅱ.①漆…　Ⅲ.①中国文学—当代文学
—作品综合集　Ⅳ.①I217.2

中国版本图书馆 CIP 数据核字（2014）第 001937 号

青春飞扬——鹏飞文集

QINGCHUN FEIYANG——PENGFEI WENJI

漆鹏飞　著

出版发行：知识产权出版社有限责任公司
社　　址：北京市海淀区马甸南村 1 号　　邮　　编：100088
网　　址：http：//www. ipph. cn　　邮　　箱：bjb@ cnipr. com
发行电话：010-82000893　82000860 转 8101　　传　　真：010-82000860 转 8240
责编电话：010-82000860-8388　　责编邮箱：hnsongyun@ 163. com
印　　刷：知识产权出版社电子制印中心　　经　　销：新华书店及相关销售网点
开　　本：787mm×1092mm　1/16　　印　　张：14. 75
版　　次：2014 年 2 月第 1 版　　印　　次：2014 年 2 月第 1 次印刷
字　　数：232 千字　　定　　价：42. 00 元

ISBN 978-7-5130-2547-8

序一 让教育成为一种伴随

接到鹏飞母亲的邀请，为鹏飞的文集写点什么，积日已久，迟迟没有动笔，一则以喜一则以惧，为鹏飞的卓越成长而喜，为自己的忝为人师而惧。借此机会，正好梳理检视一下自己讲坛20几年的惨淡经营，个中得失甘苦也该打个结。自己的孩子又正好是鹏飞一届的同学，今年总算上了大学，这使我对教育多了一份职业之外的来自家长视角的特殊体认。于是，我可以有为人父为人师的双重体验刷新我的职业观、教育观，期待得到鹏飞家人以及亲朋好友的指教。

正好浏览到这样一则消息："2013 年度华人经济领袖盛典"于昨天（12 月 1 日）在北京清华大学召开，获奖人北京光线传媒股份有限公司总裁王长田在感言中说道："其实每一个时代长辈们都在担心我们的下一代会走错方向，会过得不好。然后，我们就希望去指导他们，教育他们，教化他们，管教他们。但是，事实上即使没有这些，我们发现下一代也总会比上一代做得更好。所以，我并不认为我们有资格教化现在的年轻人，我也不认为其他人有这个资格。"而这正是我长久以来的疑惑与纠结。当初，看着一届届的学生在我们的教化下一个个"成功"地走出校园，而后若干年又看到或听到他们各自的发展与成就，也曾惊喜、欣慰，欣欣然以为己功，欣喜日久之后反躬自问，孩子们的今天与我们当年的课堂究竟因果几何？又有多大成分可以归功于我们当年的教化？直到自己的孩子终于来到高三逼近高考，陪伴着孩子有惊无险地一路趟过赶考的泥泞坎坷，回头才懂得"树是自己长大的"这句话的道理。如果说我们的价值和意义，我想只有一个：伴随。我们所能做的也只有默默地一路伴随，伴随孩子一路跋涉一路成长。

然而，当这种伴随成为一个职业的时候，我们就需要多一份警惕多一份提醒。记得去年暑假，我在省市多地做教师培训报告的时候，向与会老师们展示过鹏飞以及其他一些同学的随笔作品，得到的反应总是惊羡、称颂乃至讨教，“这样的学生是怎样教出来的?”面对这样一种总以为“好学生是教出来的”、“我们是可以教出好学生的”传统的根深蒂固的职业认知，我只有很惭愧地回答“不教”。我说，面对这样充满智慧与灵气的文字，而我们还在带着他们读准几个字音，纠缠几个字形，修改几个病句，默写几则名言，岂不是对他人青春的一种磨损与耗散?我常提醒自己，你自己可以没有学问，但要告诉学生谁是最有学问的；你自己可能无法与学生对话，但要给学生留足说话的时间和空间，任何理由的冒充与霸占无异于耻辱与犯罪。我常常告诉学生，你们的今天比我的昨天强，你们的明天比我的今天强得多的多，我庆幸，你的青春我做伴。这是一种职业的自觉与自醒。多少年了，我们实际上在以爱为名，错爱一生，忘记了有一种关怀叫伤害。我想呼吁的是，为爱放手，伴随成长。

教育的本质在于交往，教育的最高境界在于把人当人。陶行知的《创造宣言》有一句话很经典：“教师的成功是创造出值得自己崇拜的人，先生之最大的快乐，是创造出值得自己崇拜的学生。”在我看来，这所谓“创造”的最大意义其实就是成人之美，我们的一切“所能”充其量算是成人之美而已，成人之美的前提是“人之美”，然后可以“成”之，这是助力，永远是第二位的；孟子所谓“得天下英才而教育之，人生一乐也”，要义也在于“得”而不在“乐”，“乐”的前提是“得”，英才可得而教之然后“乐”。这一切都在质疑一个问题：教育究竟有多大用?我们应该以怎样的视角视眼前的英才为平等的交往对象，在一种伴随中去助成“人之美”，去分享“人之美”?

第一次发现鹏飞的才华是在高一的课前三分钟演讲，起初的设计更多的是基于语文教育的理想。总以为，语文教育本质上是一种精神教育，在于培养一种青春精神，语文课堂应该成为青春的广场，语文老师的最大幸福应该在于陪伴学生透过课堂这一窗口，注目于人文的田园，流连于言语的世界，创造青春的风景。用阅读引领生活，以思考垂钓思想。但随着活动的持久深入展开，本想开凿一条河，却汇聚而成一片海，每一天都是期待，每一天都是冲撞，一年留下了45万字的随笔作品，而这其中，鹏飞的文字成为杰出的代表。渐渐地，我的观念与认识在倒逼着修正与更新。其后读到两本书：美国社会学家玛格丽特·米德的《文化与承诺》和林格先生的《教育是没有用的》，头脑中许多维系几十年的东西被颠覆，整个职业生涯随之迎来新的生机。

今天看来，鹏飞同学的成长与成才足以作为经典个案甚至教育现象来分析思考，只是我再一次显出无力。我不知道人们读到这本文集，读到这样的文字之后又会作何感慨，如果你知道：这里的文字大多是鹏飞同学高一高二阶段的闲暇漫笔，而他并没有得遇什么名师指点，他是一个出色的理科生，他还是学校模拟联合国协会的主席，身心共健，德智齐臻，许多颇具诱惑的教育口号集中落实到他的身上，而据我所知，他也并非拥有深厚的家学渊源。前几天，和孩子交流大学该怎么过，曾给出建议：求学只是一段经历，方向比方法重要，见识比学问重要，性情比能力重要，胸怀比头脑重要。这些恰好就是鹏飞成长的体现与成才的启示，而且，都是无法教给的。其实，更需要提醒的恰是我们自己，作为一个伴随者，在其中究竟有多重要呢？怎样的“作为”与“不作为”才算是重要？

孔子说起自己的弟子，“德行：颜渊、闵子骞、冉伯牛、仲弓。言语：宰我、子贡。政事：冉有、季路。文学：子游、子夏”。好一个“文学：子游、子夏”！得意之色，不难想见。在漫长的职业轮回中，我们会有与无数英才的精彩相遇，得之，我幸；成之，一乐。

最后，再次抄录鹏飞离校时题赠的一副对联，寄托曾经的伴随者永远的期待与祝福，也算为这篇小序作结：

北溟有运鲲作鹏风斯在下

南天以息怒而飞远其无极

合肥168中学　夏杰祥

2013年12月2日

序　二

这是我的学生漆鹏飞的文集。

该怎样来形容他呢？那应是一位风一样的男生吧：给一把吉他，就可以将自己沧桑成一位流浪歌手；给一方舞台，就可以将自己营造成世界的主角。毫不避讳地告诉你，我喜欢他。

出版文集的事，应是妈妈的主意吧？那是位怎样特别的母亲，为了孩子，可以将自己低到尘埃里。有一位青睐自己、懂得教育的母亲，成长是一件怎样幸福的事呀！

我一直认为：笔，是心的注解，眼的旁白。每一个被“看到、想到、写到”的瞬间，都可被我们的笔采下，而采下的每一个当下，都感受到一种美的逼视。如果说生命是苍凉的，文字则给生命以温暖，为我们的生活斟满另一种滋味，让生命达到另一种境地。所以，从这个意义上来说，热爱写作的人是幸福的。

三年的初中生活，九月的激动，一月的忐忑，六月的欣喜，是这些文字记录了最真实的情感脉动，见证了成长的流金岁月，铭记下最虔诚的微笑与忧伤。应该这样说吧，这本书，是对时间的无言，是对生命的目送；是告别，也是前行。

翻阅这些作品，常常为鹏飞文笔的细腻所感动，为他见解的独到所触动，为他涉猎的广泛所震惊，不由得惊叹：如今的中学生了不得！

虽说这些作品大多尚显稚嫩，然雏凰清音，惊为天籁。

至于应邀写序的事，想了好几天，迟迟没有动笔。究其原因：一是忐忑，因为自己不够华丽的文笔。二是无助，不知自己能做些什么，只能借此机会呼吁，希望怜惜新手的人们能关注他，支持他，因为他是一株稚嫩的小树，您的目光就是春雨，您的呵护必将是他参天的雨露。

雁过留声，字过留印。鹏飞正走在一条奔向文学高峰的路上。

我分明感觉到，在用文字营造的天宇下，鹏飞宛如一位幸福的农人，沐浴在透明的涌动里，在风吹麦浪中轻舞飞扬。

我也有理由期许并相信，带上文集和母亲一起飞翔的鹏飞，必将成为当下文学青年里我们最美丽的遇见！

写下这段序的时候，我的学生漆鹏飞也许正抱着一摞书走在新加坡大学的校园里，抬头，45°的阳光正盛。

虽然远隔万里，我终于能够无言，一切，都是真的真的真的……

琥珀中学　周传月

2013 年 11 月 2 日

前　言

这是值得当代初中生和高中生去看的一本好书。作者以他丰富而又细腻的文笔书写了一篇篇或散文，或美文，或影评，或球评……

仔细阅读作者的每一篇文章，会有一种美的享受。作者以款款的深情，写着对父母的爱，对师长的爱……总想为妈妈做一顿饭，希望每天都是母亲节，最想依靠的人是爸爸，最懂老师的人……每一篇都让人感动！作者用大气而又率性的文笔写下一篇篇或书评，或读后感，在于丹大师独到思想的引导下，作者更深刻地体会到要做优雅的自己；在余秋雨先生的《文化苦旅》中追随文化的足迹；在路遥《平凡的世界》里感悟人生；姜戎的草原巨著《狼图腾》让作者大呼相见恨晚……作者用饱含激情的文字写的一篇篇球评，一会儿把你带到南非世界杯，一会儿又把你带到 NBA 赛场，他像一个专业的球评人，深入浅出、客观地评论着每一场球赛，看着看着，会让你热血沸腾，心潮澎湃。欧洲杯是笑与泪凝成的史诗，大胆预测迈阿密难憾紫金王朝，总决赛华丽与朴实的碰撞，0∶7 还是要喝彩……作者写到生命中最重要的邂逅是音乐，因为懂得，所以重要；因为感动，所以重要；因为共鸣，所以重要。作者聆听到《爱在西元前》的悠远传说，《青花瓷》的清丽婉约，《说好的幸福呢》的款款深情，《兰亭序》的古典韵味，各种不一样的旋律一步一步打动着作者，回荡在作者的耳边，让遇见音乐成了作者生命中最重要的邂逅！看电影写影评又是作者的另一大爱好。纯电影角度看《金陵十三钗》、温故《一九四二》，萦绕着的《泰坦尼克号》、《当幸福来敲门》，无论是经典的好莱坞大作，还是华语作品，作者都用他细腻而又多情的笔写下了他的真实感受。作者写的游记也会让你身临其境。千年一叹印象古都，文化瑰宝、龙门石窟，还有那古色古香、青山绿水的清明上河园……豫州河南，真正的中原，一片承载了帝国中心千百年闻名的沃土，那里有倾国倾城、誉满天下的牡丹，那里有声震中外、名扬武林的少林功夫，那里有璀璨绚烂的神奇内涵……游园惊

梦，燕园印象，北大自由、开放、进取、博爱的风气已足够影响和感染在这里学习、生活甚至只是路过的人，青春的心绪在这里翻飞，年轻的梦想在彼岸起航！

无疑，这是一本内容很全面的作文书。也许文笔还不够成熟，不够老练，甚至略显稚嫩，但苍鹰不是一天能飞向蓝天的，作者还很年轻，还在努力！

作者母亲 高霞

目 录

初中篇

高中篇

初中篇

成长的路上它牵着我的手

成长是一种很神奇的东西，可以带来无限的伤痛和欢愉。在成长道路的起伏中，幸亏有它一直牵着我的手，深刻而永恒的书。

它是无声的智者，暗藏着无尽的智慧，一路上有它伴我走过，我感到无比充实！

幼时，书牵着我走进了知识的海洋。无知的我第一次感受到大千世界的丰富多彩、无奇不有。在神秘瑰丽的大自然背后，实际上是一个个或已知或未知的科学原理和奥秘。前人留下无数的研究成果让我迷恋不已，但事实上这只是知识海洋中最浅的一隅，还有着更多的未解之谜等待我去探索。书让我明白，知识永无止境，只有永不停息地学习与求知，才能获得它的真谛。书牵着我的手催促我，于是，我大步向前……

年岁稍长，书又牵着我来到了历史的天空下。如果说知识给了我理性，那么历史就让我学会了感性。无论是帝王诸侯，还是文官武将，甚至是平民百姓，都有着属于自己的传奇或故事，让人回味无穷，萦绕在心头，升华在脑海中。我不断感动，也不断感悟，尝试着跟随倒转的时光感知历史的心跳与气韵。书这时却又告诉我几千年的岁月让你只用几千个日子去感悟，终究是不完美的，你需要自己独立思考与感知。书牵着我的手感化我，于是，我继续向前……

现在，书终于牵着我来到了哲学的世界。此时，我应该已长大，却感到前所未有的迷茫，我能理解深奥的哲理吗？我扪心自问，却不知答案。但很快，在孔子、康德、黑格尔等大师的引导下，我打消了自己的顾虑。世态炎凉、旦夕祸福、是非成败也许我还不能完全理解，但我学会了思考。这时，书又告诉我，书上的内容是远远不够的，你需要亲自去实践与理解，是时候放下书了！书牵着我的手终于松开，我独自向前……

我放下书本，却感到大彻大悟：成长的路上，书一直牵着我的手，但终究有放下的那一天，而放下了，路就需要我自己去走……

0:7，还是要喝彩

开普敦的大雨下得是那么悲凉，记分牌上 0:7 这个鲜红的比分让人感觉都有些刺眼与残忍。此时，朝鲜队队员们的脸上已分不清是雨水、汗水还是泪水。

屠杀般的惨烈比分摧毁了朝鲜人小组出线的梦想，更足以击垮他们卑微的信心与斗志。也许早就料到会失败，但被葡萄牙人以这样摧枯拉朽的方式击败还是让人有些无法接受。

前些天还为朝鲜 1:2 惊出巴西一身冷汗高唱赞歌的球评人们也都立马话锋一转，开始齐刷刷地嘲笑朝鲜打法的落后，与强队技战术的差距太大。那些原来还一路看好朝鲜的报刊媒体更是得出了斗志的顽强永远无法左右足球比赛的结论。

我不是什么专业球评人，也不懂什么打法、技战术的先进与否，但我总觉得，这支朝鲜队，哪怕惨成 0:7，也还是要喝彩的。

其实首先，别的不说，能入围世界杯决赛圈本身就是一种成功。论工资，朝鲜国脚月薪只有 1200 元；论条件，他们的比赛服甚至只有两件换洗；论大赛经验，他们更是约等于零。然而就是这样一支“三无球队”，却能在 44 年后重返世界杯。尽管喊出从死亡之组出线直至捧杯的目标有些狂妄、不切实际，但他们身上的那种勇敢与顽强绝对无法抹杀与否认。

首战面对强大的五星巴西，他们没有畏首畏尾地去守铁桶阵，而是选择了正面与对手拼刺刀。1:2 的比分已足以赢得对手乃至所有人的尊重。而次战葡萄牙，他们更是勇敢地与对手打起了对攻。实力差距也好，运气不佳也好，天气作祟也好，朝鲜最终还是难逃被打成筛子的命运。虽然输了，却绝不丑陋，没有假摔，没有恶意犯规，没有小动作，是干干净净地用最单纯的方式与对手拼刺刀。面对敌人密集的机枪扫射，朝鲜队就如同一位拿着大刀冲锋的战士，即使倒下了，也是壮烈的！

所以，我要喝彩，但绝不是因为同情，只有弱者才需要同情，而朝鲜绝不是弱者，他们敢于大举压上进攻本身就证明了他们勇敢的心。在功利足球愈发受追捧的今天，这种态度与方式就更显得难能可贵，尽管身中七弹的朝鲜队壮烈倒下了，但他们身后注定已立起一座丰碑。

在足球的真谛里，永远都不仅仅有胜利与冠军，还有更宝贵的东西：卑微而坚韧的梦想，初生牛犊不怕虎的勇气，哪怕是苦涩的失败，也一样值得铭记……

0:7，还是要喝彩！

半边天

“大风起兮云飞扬，安得猛士守四方。”千年的文明古国可谓英雄辈出，虽然其中以男性居多，但同样不缺乏女性的身影。她们巾帼不让须眉，丝毫不输给男性。

浩浩荡荡的历史长河中，让我们领略了虞姬的忠贞英烈，貂蝉的大义凛然，梁红玉的英勇善战……但其中有三位最让我们称道。

王昭君

茫茫大漠，黄沙漫天，只能依稀看见一女子骑在骆驼上“犹抱琵琶半遮面”，那就是你——王昭君。为了国家的安定和边疆的和平，你自愿背井离乡，只身来到荒芜的塞北。边塞的狂风吹散不了你对故乡的思念，但为了顾全大局，这一切你都忍了下来。你用你的青春换来了汉王朝几十年的安定，撑起和亲活动的半边天……

文成公主

烈日炎炎，骄阳似火，古道上一队人马风尘仆仆地向西藏赶路，而那坐在正中轿子里的，就是你——文成公主。你虽深知这一去恐怕一生都难以和亲人再见上几面，但是为了汉藏的友好往来，你毅然决然地去了，还为藏族人民带去了粮食、牲畜和生产技术，为藏族地区的发展作出了巨大贡献。你用你的实际行动撑起了汉藏友好往来的半边天……

武则天

金銮殿上雄伟庄严，文武百官相对而立，而坐在皇帝宝座上的就是你——武则天。在勾心斗角、尔虞我诈的宫廷中，你能够站稳脚跟，代替软弱无能的李治处理朝政，把朝廷治理得井井有条；后来当上皇帝，更是励精图治，轻徭薄赋，选贤选能，破格提拔了很多有才能的人，呕心沥血地撑起了皇室的半边天……

正所谓“谁说女子不如男”，这些杰出的女性也撑起了中国历史的半边天！

不在其位，亦谋其政

五千年的文明古国留下了太多精彩的箴言，却也不免掺杂了些消极的糟粕，就比如——事不关己，高高挂起。

设想一下：一个球队，若人人都只考虑自己的表现，而不在乎与他人的配合，球队能强大吗？一个企业，若人人都只关心自己的业绩，企业能成功吗？说大了，一个国家，若各个部门都只把自己放在第一位，而不支招于其他部门，国家又岂能强盛？

人乃社会之人，应该互相协助，互相着想。个人的力量毕竟有限，集体的智慧却是无穷的，如果你“聪明”地把无关于自己的事情晾在一边，那么当你需要集思广益时，亦没有人会替你着想。

所以，“事不关己，高高挂起”不过是一种不聪明的懒惰，不思进取。换而言之，只有积极地“不在其位，亦谋其政”，机会才最终会青睐你。

不妨让我们把眼光放长远，看看那些所谓的多管闲事者都取得了怎样的成就吧——

蔡伦，不过是太监一个，却钻研起与自己毫不相关的造纸，最终是造福了人类，成就了自己。

还有另一个太监，郑和，连皇宫都待不住了，干脆当个航海家七下西洋，可谓功成名就，被千古传颂。

就说我们现代的吧。唐骏，初到微软时只是个普通雇员，却一心想着推广 Windows 中文操作系统，最终，打工皇帝名号事小，那 10 亿的身价可不是吹出来的。

说了这么多，其实就一个道理：机会是自己寻找的，甚至包括认真做好那些貌似不关乎自己的事情，成功才真正会垂青于你。

如果你还在等待机会从天而降，别傻了，不在其位，亦要谋其政，你行吗？

忏悔吧，难安的灵魂

——写给希特勒

看到这个题目，不知你有何感想，尊敬的大独裁者。如今距你辞世已有60余年，你是否还在为自己高贵的日耳曼血统而自豪？是否还在为自己屠杀600万犹太人而炫耀？或者你还在对诺曼底登陆懊悔不已？

我要告诉你的是，世人并没有忘记你，也不会忘记你，你将永远成为魔鬼和杀戮的代名词。就让我们回到那个战火纷飞的年代，揭开你那罪恶的人生三部曲。

崛　起

你本是维也纳街头一个靠卖画为生的流浪汉，却一步步走到权力的顶峰。你用能言善辩、具有强大鼓动威力的演说，将成千上万的德国人驱入疯狂的战争。"闪电战"奇袭波兰，占领法国，东占前苏联，你妄图让热爱和平的人们屈服于法西斯铁蹄的蹂躏。这一切似乎取得了成效，"纳粹""法西斯"让人闻风丧胆，但这会长久吗？

屠　杀

走到权力顶峰的你开始了独裁的统治，你宣扬日耳曼民族的高贵，极力贬低犹太人。然而这还不够，你还要将犹太人赶尽杀绝，600万无辜的生命就这样被你无情地屠杀。一个个罪恶的集中营是那段血腥历史的无情见证。你对人类犯下的滔天大罪已到了天地难容的地步。血债要用血来还，你已坠入万劫不复的深渊。

覆　灭

当你进攻前苏联的军队节节败退，直至柏林失陷时；当诺曼底成功登陆，让你陷入重重包围时；当你众叛亲离，无处可逃时……你，这个手拿屠刀的刽子手、杀人犯，是否感到过一丝绝望？告诉你，这就是报应，这是全世界反法西斯人民对你最有力的反击。当你用手枪结束你罪恶的一生，以为这样就可以躲过全世界人民的审判诘问时，你这个肮脏的灵魂却将永远被世人唾弃，遗臭万年。

诚然，人应学会原谅，但不能忘记。所以，你只有忏悔，用忏悔去赎清自己无尽的罪恶，用忏悔去抚慰那些受伤的人们，用忏悔去乞求世界的和平……

忏悔吧，希特勒，一个难安的灵魂……

沉醉在平凡的世界里

生活，有时像狂想曲，无时无刻不奏响着张扬的音符；有时却又静若止水，平凡得让人沉醉其中，难以自拔……

一

天刚露出鱼肚白，太阳甚至都还未升起，我便机械地从床上腾起。狼吞虎咽了早餐后，学校时光便正式开始。看到同学，心里总会泛起莫名的温馨，没有猜疑，没有功利，大家脸上只有最真诚的笑容。上午的课程也许不是那么有趣，但一想到老师的谆谆教诲和同学的热心帮助，隐约感到课本课桌都散发着幽香，粉笔灰都舞动着韶华。这温馨的校园生活谁都曾拥有，如此平凡，但让我沉醉。

二

完成了一上午紧张的功课，自然要回到家里补充能量。妈妈虽然也忙碌了一上午，但从未懈怠为我准备每一顿午餐。厨房里妈妈敏捷的身影以及那诱人的饭香，更让我感到无比温暖。当饭菜端了上来，我尽情品味着这人间的绝世美味，妈妈却满足地望着我，迟迟不肯落筷。彼时我才明白，这平凡的饭菜能如此美味，是融进了浓浓的母爱。这样的午餐谁都曾享用，如此平凡，但让我沉醉。

三

夕阳西沉，暮色四合，疲劳了一天的我已回到自己的小窝，在无比安宁的气氛中享受属于自己的时间。戴上耳机，聆听着舒缓优美的音乐；翻开杂志，畅想心灵的盛宴，我感到无比放松。望着天花板，我回忆起一天的欢笑或泪水，有些遗憾，有些收获，有些冲动，有些满足。轻松地合上眼睛，时光仿佛在这一刻停滞。这属于自己的短暂欢愉，谁都曾拥有，如此平凡，但让我沉醉。

人生，不一定非得是波澜壮阔的交响乐，也可以是清弦一曲。

平凡，但让我沉醉。

初三，我来了

写下这个题目，不知为何，心里总有种悲壮的感觉；就仿佛是医生要上手术台，球员要上场比赛，战士要上战场一样，不成功，便成仁……

告别了还略带童真的初一，懵懂而躁动的初二，迎面而来的是初三特有的、如临大敌的紧张气氛。一切都是为了一年后炎炎炽日下的那场国考，一场能改变命运的战斗！

的确，它应该叫“战斗”！虽只是临近，但我已能感受到初三特别的气息，多了测试，多了作业，却少了假期，少了嬉戏。14 载的风华春秋在那一刻真正将接受人生的第一次历练！

那也许就是高考之前的成人礼……

回望刚刚过去的初二，我总有种说不出的感受。是不满意？或是太遗憾？我不知道，也许二者都有。总之，刚刚过去的这一年，绝对称不上完美。我不知道我该不该用高开低走这个词，但事实上，我的确没有达到预期的目标，也辜负了老师和父母对我的希冀。离最终的胜利，我真的还有很长的路要走。不过还好，一切已经过去了。新的挑战很快就要来临，我要整装重新上路。

展望即将到来的初三，我有些紧张，却绝不胆怯。我是一个“战士”，上“战场”之前怎能胆怯？我要做的，就是利用有限的时间，磨好手中的“枪”。光阴不等人，一年的时光很快就会过去，是利用好还是荒废掉，命运其实一直掌握在我自己手里。人生的第一次选择岂能草草落笔？也许在前进的道路上会有挫折和困难，但在初三这样的环境下，只能揩干眼泪向前冲！

战胜挫折，就在初三！

追求理想，就在初三！

改变命运，就在初三！

初三，我来了！

从袁腾飞说起

百家讲坛“两宋风云”的开播让袁腾飞老师声名鹊起，其实，早在这之前，他就被冠以“史上最牛历史老师”的称号。

一个首师大附中的历史老师能有如此“成就”，他牛在哪儿？其实也无非是上课极其生动形象、幽默诙谐，但这已足够让他在全国千千万教师中脱颖而出。

姑且不论他这样讲历史是否有些不妥，他如此受学生欢迎就足以证明了他的可取之处。然而在他个人走红的背后，折射出的却是教育界整体的萎靡。

当课改一次次实行，全国高呼“素质教育”时，事实却是：在竞争压力空前绝后的背景下，照本宣科的填鸭式应试教育的本质根本就没有变。

的确，我不能否认这种教育制度是拿高分的终极方法。从我们学生自身的角度出发，这也确实是在为我们的“前途和未来”铺路。但这是教育的意义所在吗？当教育变成了分数与考试的傀儡时，那就真是单纯到可笑的地步了。拿历史来说，中国五千年的文明历史就足以为我们娓娓讲述，又何况世界史呢？历史老师们却“前赴后继”地按照教科书的条条框框“麻木”地念着书本。请允许我用“麻木”一词，当有血有肉的历史文明与分数挂钩时，也会可悲到沦为一潭死水！当然，这也不能把责任全推给老师，考试内容都是书本上的条条框框，为了拿高分，谁又敢冒天下之大不韪呢？久而久之，就形成了这种恶性循环。

话说回来，在这样的教育大环境下，袁腾飞老师敢站出来冲出教科书的束缚，把历史还原成本来的感情色彩，倒真值得我们所有人为他叫好！

进而言之，中国总是号称拥有全球最顶尖的初等教育，但殊不知媒体眼中的“顶尖”又有多少含金量可言。高等教育的落后证明的正是我们初等教育的缺失。当潜力损失殆尽、灵气尽失时，教育又有什么未来可言?!

从袁腾飞老师说起，扯了这么多，其实也无非是希望中国有更多像袁腾飞这样的老师站出来。我们需要的不是“史上最牛老师”，我们需要的是“史上最牛教育”!

挫折，父爱，幸福

——电影《当幸福来敲门》观后感

炎炎夏日，只有空调的丝丝凉意吹开了我内心的些许烦燥。然而一部感人肺腑的电影却让我无比感动——《当幸福来敲门》。

一部丝毫没有爱情、动作、巨大投资等任何噱头的影片，何以能有如此的感染力？我想除了主演威尔·史密斯细腻而极富深情的表演之外，更多的则是他所表达的永恒不变的经典主题：面对困窘的命运从不悲观和无微不至的父子情深。

就让我们再去体味一次那份世间最纯洁而至高无上的情感吧！

主人公克里斯虽一直勤勤恳恳地做着推销员的工作，为生计而辛苦奔波，却一直为生活所迫，连房租都交不起，以致妻子也无奈地离开了自己。沦落到最后，他甚至要到教堂去住救济房，还在厕所度过了最痛苦的一夜。然而即使这样悲惨的命运，也从未让他对生活丧失信心。他笑对人生，热爱生活，对同事和领导永远都无比热情，无论遇到怎样的不幸，他都毫不懈怠地学习，积极上进。面对天真幼小而懂事的儿子，他从来都是隐藏着自己的压力与焦急，只把乐观、坚强和一颗自信的心交给儿子。也许是天道酬勤，执着的克里斯终于等到了幸福来敲门……

除了励志，影片演绎的父子情深更令人感动。当他妻子实在无法忍受这样的生活而决定带儿子离去时，连自己都养不活的克里斯却义无反顾地要留下儿子，哪怕是背上更沉重的负担。实习时，别人做 9 个小时工作，他却必须用 6 个小时来完成，因为要接送和照顾儿子。工作失意时，就算兜里仅剩几个子儿，他也要为儿子买玩具和零食。在儿子与事业之间，强大的责任心让他从未作出过舍弃，尽管这要付出比常人多得多的精力和耐心。多么崇高而伟大的父亲！也正因如此，老天赐予了他无比懂事的儿子，幼小的他从未让父亲操过太多的心，更不向父亲提出非分的要求，稚嫩的内心里只有对父亲的心疼与理解。父子情深，实在让人感觉到这世间有一种温馨叫心碎……

这样的影片，实在有着太多振奋人心的镜头：当克里斯刚遭受别妻之痛却又以最快的速度重新踏上工作岗位时，我钦佩他的坚强；当他和儿子实在无家可归，以致要躲到厕所里过夜时，我的泪水也在眼眶里打转；而当最后他历尽千辛万苦终于完成人生事业的华丽转身时，我更衷心地为他感到欣慰……

克里斯，坚强好男人，柔情好父亲！

影片改编自真实事件，它所诠释的人生更值得我们去思考。诚如片中所说：人生就像一座连绵起伏的山谷，有高峰，也有低谷，走过了人生的低潮，就将迎来无比绚烂的高峰！

而在到达之前，保持一颗乐观、坚强、自信的心，就算经历再多的磨难，幸福终究会来敲门……

大胆预测！迈阿密三巨头难撼紫金王朝

7月9日凌晨，对于往年的NBA来说应该是一个无足轻重的日子，毕竟是处于休赛期。然而对于转会市场风云激荡的2010年来说，这注定是不平凡的一天，甚至说是具有爆炸性的！

一切只因詹姆斯圣驾迈阿密。

没错，从上赛季詹姆斯伴随骑士一起回家的那天起，媒体和全世界的目光就早已不是落在什么季后赛、总决赛，而是落在詹姆斯的最终去向！在巨大的票房号召力和无穷的商业潜力面前，詹姆斯注定是所有球队垂涎三尺的追求对象。姑且不说尼克斯、篮网揽皇之心昭然若揭，公牛、热火与皇帝眉目传情，就连湖人、小牛、火箭等阵容齐整的强队也加入了争皇行列。

最终，詹姆斯选择了圣驾迈阿密！而在此之前，另一位2003白金一代的波什也选择了这里。加上迈阿密原来的主人韦德，由三位超白金一代组成的三巨头震撼出世！东部乃至整个联盟的新格局呼之欲出！

12届全明星，2个常规赛MVP，2个得分王，1个总决赛MVP，三人加起来的荣誉数不胜数，三人巅峰时期的数据相加——“86+24+19”更是震烁古今！单单这三个名字一摆，就足以让各路豪强胆寒！一个新的迈阿密王朝似乎已经初现端倪。

然而这看上去很美的巨星累加政策，真的就能直通总冠军吗？三个20多岁的年轻人在一起，真的就能撼动湖人王朝吗？这里让我先作一个大胆的预测：也许他们哥仨还做不到！

首先不可避免谈到的就是磨合问题。不可否认，这三人在场下是很好的朋友，但这就能保证在场上他们也能责无旁贷、毫无异心地无私配合吗？很显然，PF+SA+SF的配置是向2009年波士顿三巨头看齐的。但热火管理层千万不要迷信这种套路。当年，凯尔特人之所以能取得成功，是因为加内特、雷·阿伦已步入生涯暮年，对冠军的渴望程度已远远大于对个人荣誉的追求，这才使他们心往一处想，劲往一处使。而迈阿密的三人都正值盛年，尽管也都渴望冠军，但对个人荣誉和球队地位显然有更大的渴求。詹姆斯和韦德都是持球进攻者，而皮球只有一个。要知道雷·阿伦和加内特都是不持球进攻的。所以，如果处理不好球权问题，三巨头的力量显然就会大打折扣。这样看来，相比于进攻多样化、体系成熟的湖人，热火显然是落于下风的。

第二，对位问题。湖人作为他们夺冠路上必须逾越的大山，这里依旧把它作为蓝本来对照。得分后卫上，可以说韦德在突破能力和杀伤力上是优于30有余的科比的，但其短板也显而易见，他的投篮能力、传球意识和防守能力都还和科比有着明显差距。小前锋上，詹姆斯是强于阿泰斯特，但这里指的是综合能力，如果真正对位，阿泰咬碎钢牙的铁血防守恰恰就是詹姆斯进攻的终结者。如果说这两个对位还分不出优劣，那么内线的差距就很致命了。毫无疑问，湖人拥有联盟中最强悍的双塔，无论是挑战性还是威慑力都非常优秀，既灵活，又有力量。而反观热火，波什是一位优秀的内线球员，但他的进攻方式还是以投篮为主，走灵活路线，不属于那种强硬的低位球员，策应能力也十分有限。以热火目前的薪金空间，也签不到一位合格的内线搭档，所以从对位上讲，湖人仍然是强于热火的。

第三，最显而易见却又最难解决的问题，就是板凳实力。纵观历年冠军级球队，任何一支都有着可圈可点的板凳球员，尤其是到了季后赛，板凳深度更成了球队能否走得更远的决定性因素。然而联盟对工资帽的限制越来越严，给热火管理层留下一个很大的难题。三巨头本身就已占据最少6000万的薪金空间，剩下的一两千万也只能签到中等的角色球员，连主力阵容都难以凑齐，更别说替补了。这样一来就会造成球队对三巨头的愈发依赖，而面对密集的赛程，哪怕是钢做的身躯恐怕也很难吃得消。所以，这样的热火不具备与冠军抗衡的资本。

以上三点都还是些人员上的问题，还可以通过人员调度或球员自身协调来努力改善。而经验上的差距就难以在一朝一夕填补上了。尽管三巨头都已经在联盟打拼多年，但仔细想想就会发现，三人中，韦德还算拿了一个总冠军，但其他时候都随着热火高不成，低不就，甚至摆烂；詹姆斯连总决赛都没进过；波什更是只打了11场季后赛。如此三人领军的热火，要是面对连续三年杀进总决赛且两次夺冠的湖人，几乎完全等于菜鸟。而经验上的缺失让他们不光是面对湖人要吃亏，即使是在东部碰上凯尔特人或是魔术，他们也必定会吃尽苦头。

所以，不管怎么说，一切对于三巨头的美好期望都还只是停留在想象阶段，如果真想有一番大作为，要克服的问题还很多，还有很长的路要走……

懂　你

你，是我的老师。

三年前，我幼稚懵懂，你意气风发；三年后，我舞动青春，你成熟稳健。我多了份理想，你添了份责任。在朝夕相处的1000多个日子里，你以为我不了解你，其实，我最懂你。

一

课堂上，三尺讲桌旁的你以个性的“兰花指”书写着韶华，一连串的雷人妙语如同口吐莲花，诙谐睿智而又雄辩的口才让我们深感折服。其实我知道，你每一次“装傻”的雷人语录都是为了让我们更好地享受语文课程的学习。而课堂外，身为男子汉的你又向我们展示了柔美女子般的诗意一面，华美婉约的笔调影响着全班的文风，带领我们完成“才子才女”的华丽转身。课内课外，我懂了你的率真与才华。

二

考试前，三尺讲桌旁的你顿时把自己变成撒旦的化身，不厌其烦地监视每一个人的学习状态，有一点风吹草动便要找我们麻烦，让我们战战兢兢，如履薄冰。其实我知道，你是为了让我们每个人都能毫不懈怠地刻苦奋斗，才辛苦扮黑脸的。考试后，你又化为天使，看到我们行动的你，无论考好与否，你都把最真诚的鼓舞与帮助给予了我们。考前与考后，我懂了你的严厉与慈祥。

三

同学面前，你永远都是跟我们打成一片的快乐老师，连批评我们都摆出一副忍俊不禁的样子。其实我知道，你把最快乐的一面永远留给了我们。同学背后，你既要辛辛苦苦地批改作业，又要不知疲倦地备课。老大不小如今却还单身的你把我们当作你的一切。你会为我们的一点点进步而欣喜不已，亦会为我们的错误而烦恼伤神，只要我们能成功，就是你最大的希望。人前人后，我懂了你的责任与希冀。

老师，我没说错吧！

那个并不高大却才华横溢的才子。

那个一年到头都穿着牛仔裤的时尚青年。

那个把一切开心都带给我们的园丁。

那就是你呀！

读史之悟

以史为鉴，有资于治道。

——题记

中国五千年的悠久文化璀璨瑰丽，宏伟雄奇，如一部浩大的史诗，留给我们太多宝贵的财富。其中不乏英勇杀敌的沙场猛将，舞文弄墨的文人骚客，忧国忧民的王侯将相……他们每个人都给我们留下了一段段有趣的历史，值得我们去回味，去品读，去领悟……

读苏武

在荒无人烟的北海，一群羊中端坐着一位老人，神色凝重却坚定不移。那就是你——苏武。十几年的荒岛生涯丝毫没有磨灭你的意志，反而让你更加坚定。正可谓“竹可破不可毁其节，玉可碎不可毁其白”。面对死亡的要挟，你从来没有动摇。你用生命做赌注，诠释了什么叫忠诚，什么叫气节……

在你身上，我明白了对一个人来说，生命或许不是最重要的，尊严、气节、忠诚的人生才有意义。

读岳飞

在黄沙漫天的大漠，浩浩荡荡的军队中，一位将军骑在马上，神色悲凉却不失勇气。那就是你——岳飞。十年的金戈铁马，让你在当年的血气方刚中多了几分沧桑悲凉，但你无怨无悔，觉得为国效力在所不辞。只可惜天妒英才，让你壮志未酬身先死，因“莫须有”的罪名魂断风波亭。然而你还是用戎马一生诠释了你背上的“精忠报国”……

在你身上，我明白了一个人应该忠于祖国，报效祖国，这样的人生才有意义。

读李白

在波光粼粼的湖上，一位诗人正在一叶扁舟上吟咏着诗句，放松却不放纵。那就是你——李白。这么多年的旅行生涯不仅丰富了你的阅历，更陶冶了你的情操。所以，乌烟瘴气的宫廷并没有让你郁郁不得志，反而让你更加豁达豪放，心胸宽广。你用你的豪放诠释了何谓“乘风破浪会有时，直挂云帆济沧海”……

在你身上，我明白了做人应该豁达大度，不要斤斤计较，这样的人生才有意义。

俗话说得好：鸟随鸾凤飞腾远，人伴贤良品质高。从历史中，我明白了太多，悟出了太多……

光荣与梦想

——2010 NBA 总决赛总结

湖人，凯尔特人，七场决战，逆转，复仇……

当这些词组合在一起的时候，你不得不感叹，这又是一次铭记在 NBA 史册的对决！

当记分牌定格在了 79:83 那个鲜红的比分时，在全场数十位篮球名宿和好莱坞明星以及两万多名球迷的注视下，科比早已按捺不住心中的喜悦，跳上技术台，振臂高呼，迎接全场观众山呼海啸般“MVP”的呼喊声。

而此时，夺冠功臣阿泰斯特一遍一遍地在接受采访时说着“I love you”，两位打出了血性的铁血真汉子费舍尔与加索尔也早已满眼通红，拜纳姆更是早已戴上冠军球帽感受着夺冠的成就感。

当然，胜利也同样属于奥多姆，属于香侬·布朗，属于法玛尔，属于武贾西奇，属于鲍威尔，属于姆本扎，更属于禅师菲尔·杰克逊。

除了他们，没有人能体会到胜利来得多么艰难。

从 1:0，到 1:1，2:1，2:2，2:3，3:3，再到最后的 4:3 险胜，总决赛的艰苦卓绝超出了所有人的想象。哪怕总决赛抢七战主队战绩 13 胜 3 负又如何？哪怕本赛季湖人主场 10 胜 1 负又如何？哪怕禅师的比赛赢得首场的全部，赢得系列赛又如何？当对手是打不死的绿衫军时，一切历史指向都显得毫无意义。令人灵魂都要窒息的侵略性防守，剑剑刺入心脏的绝地反击，一招足以致命的妙手神射，三个年龄加起来足有一百岁的老兵和一个才刚崛起的新兵甚至已经将不可一世的湖人逼入绝境。谁也不会忘记“子雷”半场七个三分的天神下凡，隆多本能大三元的神来之笔，加内特一次次肆虐篮筐后的震天怒吼……

对总冠军的梦想正是他们前进时源源不竭的动力。

然而光荣最终还是属于湖人队。

尽管一路走来饱受伤病、质疑与批评，尽管遭遇雷霆、太阳的顽强反抗，尽管总决赛一度以2:3陷入绝境，但在决胜的第七场，他们用实际行动让所有曾经质疑的人闭上了嘴巴，他们用一场惊心动魄的胜利捍卫了卫冕冠军的尊严与光荣。

一路的磕磕绊绊，一场生死之战代表了一切。

他们打破了总决赛抢七逢凯不胜的历史，他们打破了2002年后总冠军再难卫冕的宿命，他们打破了圣诞夜输球必丢冠军的魔咒……

队史16冠，光荣属于湖人队，一个真正的王者之师，一个正在开启的王朝……

但其实无论胜利者是谁，在一轮荡气回肠的战斗之后，那份只属于篮球的光荣与梦想都会永远延续，历久弥香……

还有那一抹红

2010 年 7 月 12 日凌晨 5 时 02 分 30 秒。

马德里已是一片红色的海洋，人们唱着，跳着，喝彩着，庆祝着……

而阿姆斯特丹，那鲜艳的橙色已黯然失色，写在人们脸上的只有失败的沮丧和悲痛。

31 天，64 场比赛。32 强的你争我夺以一场 120 分钟的死亡游戏走向了最高潮，也画上了一个完美的句号。西班牙，第 8 支世界冠军在南非诞生！这是世界杯历史上的第 19 个冠军，这是欧洲人的第 10 次夺冠。但最重要的是，这是西班牙人的第一次！两年前，他们刚刚在维也纳登上欧洲之巅，而如今，他们又有了新的头衔——世界冠军！毫无疑问，红色是足球场上最鲜亮的颜色，而西班牙当之无愧是世界足坛真的王者！

就让我们把镜头再次拉回约翰内斯堡的足球城，回到那 120 分钟的窒息时刻。从 120 分钟 0∶1 的比分就不难看出这是一场多么胶着的比赛。纵然西班牙人有再锋利的矛，荷兰的盾也始终完好无损。即使西班牙人一次次用精巧的短传寻觅破门机会，橙衣军团也能祭出一招招凶狠的犯规阻截对手。90 分钟的比赛还是以平淡的 0∶0 收场。但荷兰人注定要为他们凶狠的犯规付出代价，整场比赛他们吃到 9 黄 1 红，直接导致了 10 打 11 的被动局面。当加时赛进行到最后关头，所有人都以为点球大战不可避免时，西班牙却终于抓住了破门良机，一次完美无瑕的禁区前沿配合，就由伊涅斯塔以一记抽射敲开了对手的球门，更粉碎了橙衣军团的冠军梦。而对西班牙人来说，这无疑是西班牙足球史上最美妙的时刻，116 分钟的漫长等待终于迎来那一刻致命的绝杀，正如西班牙人斗牛士的名号一般，之前所有看似漫不经心的短传不过是在戏弄对手，消磨对手的意志，一旦寻找到破绽，只需一剑，他们就能让对手命丧黄泉。3 个 1∶0，他们就是用这样的方式踩着葡萄牙、巴拉圭、德国的“尸体”踏进了决赛。而在万众瞩目的巅峰对决中，他们又用绝地一击让荷兰终究只能成为伟大的陪衬。

伊比利亚人！第一次杀进决赛的伊比利亚人就将自己的名字刻在了大力神杯上！

圣卡西哭了，小法哭了，拉莫斯哭了……是激动的泪水，更是等待的泪水。西班牙足球等待了76年，终于等到了这一刻。这是西班牙足球的胜利，更是足球运动本身的胜利。华美控球、大举进攻的西班牙证明了“华丽”也可以致命，观赏性的美丽打法已不仅融入了他们的骨子，更是成了他们的足球哲学与信仰。当桑巴不再华丽，阿根廷开始麻木，荷兰选择保守时，只有西班牙永远坚守着自己的足球理念。最终，等待换来了成功，坚持赢得了胜利，世界足坛最耀眼的旗帜注定还是那一抹红！

而荷兰呢，斯雷德哭了，范德法特哭了，斯特克罗博格哭了……这已经是他们第三次倒在决赛上，无冕之王的帽子似乎永远都甩不掉。别忘了，40年前飞翔的荷兰就曾在克鲁伊夫的率领下以全攻全守、大开大合的气势震惊世界，而西班牙4年前才开始以华丽的控球打法声威世界。但与西班牙人的坚守不同，荷兰人选择了向功利妥协，放弃了自己的足球风格，这就注定了他们的失败。

艺术终于得到加冕，美丽终于得到正名。2010年的南非注定会成为球迷心中的美好回忆。

而在功利足球盛行的今天，西班牙守住了足球的最后一片净土，那一抹鲜艳的红注定要在足坛永恒闪耀。

好想说声对不起

莎士比亚曾经说："知错就改，永远是不嫌迟的！"的确，有时说一声对不起也是一种美德。

一

浩浩荡荡的汨罗江畔，依旧是那片碧水蓝天，草长莺飞，但不同的是，这里早已人去楼空。内忧外患的楚国湮灭不了你一身正气，奔腾不息的河水粉碎不了你一身忠骨。你看到楚国的一天天衰落，痛心疾首，却又无能为力，宁可跳进江里葬身鱼腹，也不愿随波逐流，玷污自己的人格。你满腹经纶，空有一身才华，却又报国无门，深受排挤，只能在汨罗江边吟诵"世人皆醉我独醒"这般忧伤低沉的诗句。"路漫漫其修远兮，吾将上下而求索"是你一生的真实写照。然而你处在乱世，朝中又奸臣当道，虽满怀报国热情，却被放逐，才华无处施展，只能悲愤至极。也许是因为我们各为其主，也许是因为我们政见不同，我与你龙争虎斗了一生。也许你觉得我阴险狡诈，不讲信用，让你壮志难酬，郁郁终生。其实我也最了解你内心的苦衷。不管怎样，我都要真挚地对你说一声"对不起"，希望随着岁月的沉淀我们可以冰释前嫌。

——张仪

二

黄沙漫漫，黑雾浓浓，晚霞中传来几声雁鸣，飘荡在大漠苍穹。我曾后悔过，但后悔又有什么用呢？此时的大宋早已名存实亡，只能苟延残喘来维持朝政，金军的铁骑已经踏破中原大地。在大宋王朝即将覆灭的时刻，我又想起了你——岳飞。当年的岳家军威风八面，大杀四方，让敌军闻风丧胆，不得不发出“撼山易，撼岳家军难”的感叹。“壮志饥餐胡虏肉，笑谈渴饮匈奴血”，这是多么豪气万丈、壮志凌云啊！然而就在你气势如虹、势如破竹般直捣黄龙府时，我却听信奸臣谗言，连下 12 道金牌令你班师回朝，让奸臣秦桧以“莫须有”的罪名致你命丧黄泉。可怜你一缕忠魂就因为我的昏庸而抱憾终生。“青山有幸埋忠骨，白铁无辜铸佞臣”是对你一生最好的缅怀，你虽已死，但你的报国热情永留世人的心间。在此，我只想对你说声“对不起”，让岁月安慰你那忠诚的灵魂。

——宋高宗

斜阳里响起了秋风的颜色，耳边又再次回荡起那扣人心弦的三个字——“对不起”！

和谐之道

大海因为有了天空的映衬，才显得浩无边际；森林因为有了花草树木的点缀，才能够婉约动人；而人类社会因为和谐，才繁荣富强！

在安徽省牯牛降风景区西部，有一个大山村，那里的人非常注重自己的生存环境，一直都与大自然和谐地相处。他们虽然靠山吃山，却从不毁林开荒，乱砍滥伐，山上纵有大树枯死，也无人去锯断，因此那一带山林仍保持着原始形态。同时，那里的人非常淳朴，村里人合族而居，和谐地相处。邻里之间纷争很少，也不存在小偷，从来都不用锁门、锁车，耕牛就拴在村边。更令人称道的是：大山村人向往和平、安宁，追求内心和谐。正因为他们这样无私无欲，所以人们都能够自给自足，知足常乐。这便是大山村人，他们用自己的行动给我们演绎了一幅人与自然、人与人之间和谐相处的美好画卷，教会了我们真正的和谐之道。

的确是像大山村人给我们演绎的一样；自然和谐，才会风和日丽、鸟语花香；人际和谐，才会同舟共济、相濡以沫；内心和谐，才会无欲无求、知足常乐；社会和谐，才会国泰民安、繁荣富强。

和谐是蓝天下的白云袅袅，高山旁的潺潺流水；和谐是草原上的牧马嘶鸣，夜莺的婉转歌声；和谐是快乐的开怀大笑，悲伤时的阵阵抽噎；和谐是所有幸福的基础，也是所有幸福的旨归。

和谐的故事道不尽，说不完，它是我们永恒的话题、前进的方向、指路的明灯。让我们行动起来，共同去体味、思考、描绘和谐，共创和谐新社会。

花落舞台

扣人心弦的音乐，此起彼伏；五彩变幻的灯光，明暗交织；偌大的舞台上，只有她在纵情地舞蹈……

翩翩的舞姿，自信的笑容，仿佛已与整个舞台融为一体，感染着每一个人。

但没有人知道，为了心爱的舞台，她付出了多少。她是那么热爱舞蹈，然而上天在赋予她无与伦比的舞技的同时，还带给了她可怕的病魔——白血病。依稀回忆着自己跟着节拍舞动的身姿，依稀追忆着自己伴随灯光翩翩起舞的倩影，然而那一刻，病魔却宣告她与舞台的缘分已尽，甚至要与美丽的人世间作出诀别。

倒数计时的生命是无比痛苦的，但她并不甘心，她不想放弃自己最心爱的舞蹈，更不想离开属于自己的舞台。

只有坚持，痛苦地坚持！

于是，熟悉的音乐在练功房再度响起，和着音乐，她踮起了脚尖，开始了舞蹈。偌大的练功房里空无一人，但她也把这当作最耀眼的舞台，一步一步，一圈一圈，她跳得那么认真，那么动情，即使每一个动作都要忍受可怕的病痛。

为了舞台的梦想，她就这样日复一日地练习，尽管死神几次都把她拉到生死的边界线，但重返舞台的信念一直支撑着她。

请让我庸俗地说“皇天不负有心人”，她等来了重返舞台再度绽放的机会……

雄浑而婉约的音乐已达到最高潮，忽明忽暗的灯光开始瞬息万变，她也紧随着音乐开始了舞蹈中最高昂的部分。她轻盈地跳跃，将舞蹈的精髓诠释到了极致！

这分明是灵魂的舞蹈，是她用生命在演绎！

一曲终了，博得满堂彩。然而在画上强有力的休止符时，她却倒在了自己心爱的舞台上。

这一倒，也许就是永恒的长眠，但她绝不会后悔。舞台是她的梦想，她付出了太多，也收获了闪耀，最后凋零在自己魂牵梦绕的舞台上，她心甘情愿……

假如给我一双飞翔的翅膀

总羡慕超人，不为别的，就因为他能飞……

不知从何时起，我心中就有飞的梦想，看着鸟儿在天际自由地翱翔，我却只能无力地诅咒着地心引力。

时常想，假如给我一双飞翔的翅膀该有多好！

那样，我就能领略世间至美的风景：蓝蓝的天上，白云朵朵；碧绿的草地，牛羊成群。我会越过那喜马拉雅之巅，穿过美索不达米亚平原，游览于桂林山水之间，沉醉在底格里斯河畔……飞翔，让我把世间的美景都尽收眼底！

然而欣赏过这世间最美的一面，就注定会察觉到世间疾苦动荡的一面。

假如给我一双飞翔的翅膀，我要飞到那贫穷的非洲。那里虽然是人类文明最早的发源地，却迟迟没有摆脱落后。长期的殖民主义压迫带给那里的只有无尽的血与痛，在外界高度发展的今天，第三世界却还在为温饱发愁。那些骨瘦如柴的孩子甚至根本连学校都不知道，教育也许只是个遥远的梦。无数的难民触痛着我们这些生活无忧的人的心。也许我无法给他们带去物质的帮助，但我要给他们带去精神的食粮，传递给他们希望！

假如给我一双飞翔的翅膀，我要飞到那战火纷飞的中东。宗教的冲突，资源的争夺，让两河流域的一方净土早已被战火侵蚀得满目疮痍，留给人们的只有恶魔般的炸弹和无数眼泪。当纯朴的人们发现自己的周围已经布满死亡的恐怖时，和平真的像神话般遥不可及。也许我改变不了这一切，但是我要告诉那些在战火的硝烟下提心吊胆的人们：大家无时无刻不在为和平努力着，总有一天，世界将真正铸剑为犁。

假如我有一双飞翔的翅膀，我要飞到那深受金融危机之苦的国家。那些一直生活在和平年代的人，这次或许真的知道了什么叫灾难。企业倒闭，银行关门，员工下岗。刹那间，在危机中，多少千万富翁一夜之间负债累累，一个个商业巨头纷纷破产。金融危机如同一场海啸，卷走了人们创造的财富，更卷走了人们战胜挫折的希望与信心。所以，我一定要让大家知道：人终究是要面对困难的，再大的金融海啸也终会过去，挺一挺，一定能坚持住！

假如给我一双飞翔的翅膀，我要飞！我要带着全世界受苦受难的人们一起向着希望振翅高飞！

进攻之殇

如今的联盟
进攻的大旗仍在飘荡
却已不再溢彩流光

曾经的国王，如今的太阳
都曾承载过我们太多的希望
但到了季后赛
却都没有了常规赛的锋芒
失败，成了一如既往……

曾经湖人华丽的 show time 已经成了历史
那个无所不能的 Chris 也终究成了伟大的注脚
取而代之的
是马刺丑陋的防
和活塞的团队之光

太阳的小球，勇士的跑轰
甚至掘金那无坚不摧的双枪
都还在每个夜晚继续着
但谁都知道
他们已经失去了昔日的灵气和曾经的辉煌

曾几何时
华丽的普林斯顿水银泻地般的联盟里神采飞扬
眼花缭乱的小球和跑轰也让我们为之疯狂

当时代高喊我们改头换面的时候到了
进攻依然在一味地迷茫

进攻之殇
殇的不仅是进攻，更是冉冉升起的希望
我们只能怀想
怀想那个激情四溢的年代
进攻的大旗溢满了芳香

精神不灭

有一种精神，集强大的意志力和不放弃的性格于一体，在篮球界，这种精神叫作“乔丹精神”。

1997 年 6 月 20 日，芝加哥联合中心，总决赛第五场。

在前四场中，公牛队和爵士队打得难分难解，战成 2∶2 平。这关键第五场天王山之战，谁能拿下，谁就更有希望获得最终的胜利。芝加哥的球迷本应众志成城，同仇敌忾，可在他们脸上的，却不是涌动的激情，而是无比的沮丧与悲伤，因为他们失去了他们的上帝——乔丹。

在比赛的前一天，乔丹误食了变质的食物而导致急性胃肠炎，上吐下泻，精力也损失殆尽，甚至缺席了比赛日上午的训练。一切迹象表明，晚上的比赛，乔丹纵是想出战也不行了。

教练组也在紧张地商议着谁能弥补乔丹的空缺。

然而真正到了比赛前，极度疲惫的乔丹出现了！就像当年威利斯·里德一般上演了英雄式回归！不过眼前这个眼神都失去光彩的男人究竟状态如何，还是一个未知数。

比赛终于开始了。谁也没有想到的是，连热身都没有参加的乔丹用最快的速度证明了自己的状态。扣篮，跳投，三分，突破，造犯规……你根本想象不出这个赛前还需要用咖啡提神的球员竟然如此毫无疲色。然而坚韧的爵士一直紧咬着比分，悬念一直留到了比赛的最后一刻。

乔丹罚球，第一罚，中的。第二罚，偏筐而出，当一群大汉肉搏着争抢篮板时，乔丹这个病人却抢下了自己投丢的球。在重新组织进攻后，乔丹在三分线外，在斯托克顿的防守下从容出手，球在空中划出一道完美的弧线，“唰！”地应声入筐！乔丹射下了自己全场的第 38 分（记住：这是一个病人带病拿到的），公牛也一举定胜局。投进三分后的乔丹已经精疲力竭甚至浑身发抖，一头倒进了皮蓬的怀里，被皮蓬搀扶着走下了场。全世界都为这个镜头无比动容！乔丹的江湖地位也无可置疑！

乔丹，这个篮球史上最伟大的运动员。他的伟大，不仅在于他技术上的炉火纯青、登峰造极，更在于他精神力量的强大。倔强，坚强，不放弃，不服输，这些无人能撼的意志力最终成就了乔丹不可复制的传奇。

如今，乔丹虽已退出联盟，这种精神却没有失传，后来人接过了他的衣钵。艾弗森可以受伤二十几处还带伤上阵；科比可以为了球队手指骨折却不做手术；姚明可以在膝盖被撞伤的情况下演绎王者归来……

这是对乔丹精神最好的诠释与传承！

也许在很久很久以后，我还可以说，在激情四溢的球场上，有一种精神，永恒不变……

篮球让我快乐

“比赛还剩下 5 秒钟，科比拿球突破，只见他一个游龙摆尾，用迷踪步晃倒了防守队员，并迅速出手，随着我那声发自心底的尖叫，球进哨响，科比率队，翻盘成功……”

每当周末，我便会乖乖地坐在电视机前，尽情享受这样的瞬间。I love this game，就像 NBA 的口号一样，篮球给了我太多快乐。

看球之乐

说到篮球，就不能不提 NBA，它是篮球这项运动的天堂，是全世界篮球爱好者追梦的地方。第一次观看 NBA 比赛，我就被这精彩绝伦的比赛深深打动。一次次振奋人心的拉杆扣篮，一个个千钧一发的三分命中，一幕幕最后时刻的千里走单骑，激烈的对抗，心态的较量，看得我热血沸腾，全身的每一个细胞都蠢蠢欲动，好不痛快。而那些驰骋在球场上，挥洒着汗水与才华的人，也都成了我心目中的英雄。小艾的蝴蝶穿花步打遍天下无敌手，詹姆斯的潜龙步上篮也是霸气十足，还有科比的亡命三分，韦德的闪电突破，麦蒂的干拔跳投……全都深深烙在了我的脑海中。正因如此，才有了开头的场面。

看球之乐，乐趣无穷。

打球之乐

我爱看球，也爱打球。如果说看球让我只感受到了精神上的愉悦，那么打球就让我在身体和精神上都得到了快乐。所以，我特别喜欢打球，也在其中找到了许多乐趣。每次打球，我也会像我心目中的英雄一样在球场上飞奔，跑位，传球，投篮。当然，我最拿手的要数抢断和助攻，电光火石间，对手便会手一轻，妙手空空。我的助攻更是恰到好处，谈笑间便让我的队友摧城拔寨，在对方的地盘上肆虐。不过我认为，打球的输赢结果并不重要，关键是要懂得享受比赛，在比赛中找到自我的价值。

打球之乐，乐在其中。

“梦想夹带眼泪，咸咸的汗水……”在追梦的路上，篮球给了我太多快乐。

历史的天空

——读《摩挲大地》有感

读万卷书，行万里路。余秋雨先生带着他对历史的崇敬完成了《摩挲大地》，也记录下自己的心路历程。我没有经历过这样的跋山涉水，但伴随着他细腻生动而又富含韵味哲理的文字，我也能有幸在历史的天空下追随文化的足迹……

作为炎黄子孙，我骄傲。中国是一个拥有五千年历史的文明古国，华夏大地的每一隅都被烙上了历史的印记。也许只是一座山间古刹，一株城旁老树，一条青石板街，却都在向人们娓娓道来自己绵延千年的故事。而在余秋雨先生的笔下，我更体味到了它的厚重，它十足的历史韵味。

这底蕴的背后，其实正是一处处文明的遗迹讲述着属于自己的光辉与荣耀，辛酸与屈辱。

大漠间，莫高窟举世无双，无与伦比，然而它也成了中国近代屈辱历史的见证，被无情地践踏和破坏；都江堰，如万里长城般的伟大工程，灌溉着成都平原，滋润着天府之国，更凝结着李冰父子的精魂与智慧；人间天堂苏州，如女子般娟秀婉约，如水的温柔撩人心弦，却又有着骨子里的傲气与忠魂，令人惊慕，令人折服……

在字里行间，我仿佛看到了华夏文明的历史剪影：中原慈母的白发，江南春闺的遥望，湖湘稚儿的夜哭。故乡柳荫下的诀别，将军咆哮时的怒目，残阳中随风飘荡的军旗……随滚滚红尘飘散远去。

追随着余秋雨先生的脚步，我仿佛也在历史的天空下经历了几千年，感受了几千年。时间老人是如此多情，挥动沧桑巨笔书写着传奇，留给后人无尽的遐想与思考。

我似乎终有所悟，在历史的天空下，我们每个人都是如此渺小，所能做的不过是感受着历史，摩挲着大地，在岁月的长河中汲取一些做人的精髓与智慧……

庐州月

15 年前，我飘然而至。2 岁去了灯红酒绿的上海滩，后又在首都漂了 8 年。然而走过华夏的这些土地，却始终难有种归属感。我毕竟只是一个过客。异乡只能更加勾起我对故土的愁思。

月是故乡明。最美的还是那一轮庐州月。

记忆中浮现的，是夏日纳凉的情景……

路灯已熄，一切属于白日浮华的景致此刻早已失去了意义，唯留那一轮皓月当空。不含一丝杂质的月光洒下了一片片“竹柏之影”、“藻荇交横”，诗词歌赋，华丽辞藻，却也只有“清澈”一词来形容它。

此刻，我竟不愿相信那是炽烈的阳光反射而来的。能照亮心底乡情的那份湿润，必定也是出自一个细腻婉约的灵魂。

其实我也知道，那千里之外的美月，没有嫦娥的幽怨，也没有玉兔的轻灵，更没有世人想象的仙境广寒宫，它所有的，只是冰冷的岩石和死寂的回忆。

但肉眼凡胎看来，它毕竟是美的，美得让人沉醉，更让人思乡。

我笑自己的迂，天涯何处看月不是月，故乡的月又美在哪呢？只觉心中涌起的怅然过于多愁善感，甚是可笑。

月光还是那么明朗，我独自笑了，但竟笑出一滴泪。

眼前还是那轮月，心中却泛起了阵阵月光的涟漪，我似乎明白了什么。上海滩的月，京都的月，也许一样很美，但它终究只是照明人的工具。而故乡的月，那一轮庐州月，却早已不是月，它是一轮情思，寄托了我对故乡的爱与不舍。它是月，却又不是月，月的美中泛起的是——回忆。

天涯共享一轮明月，每个赏月人眼中的月却不尽相同。

只是，月是故乡明。

一轮庐州月，只在每个故乡人心中升起，只会为思念它的灵魂而闪亮！

梦回经典：萦绕着的泰坦尼克号

“奇咔咔咔汽车人变身”，来势汹汹的机器人让《变形金刚》不仅赚足了曝光率，更以12天4.3亿票房的成绩一举打破12年前《泰坦尼克号》70天3.6亿票房的国内纪录。

高科技打败了爱情，完胜的超越？也许没有这么简单。

总觉得《泰坦尼克号》是难以超越的，因为它是经典！

经典，因为爱情，以泰坦尼克号这艘豪华巨轮为背景的爱情。杰克——一个下等舱身无分文的穷光棍，罗丝——一个上等舱已有婚约在身的显赫女士，两人却擦出了爱情的火花，产生了人世间最纯而又最刻骨铭心的情感。这冲破一切世俗羁绊的爱情，包含的是勇气。相处的时光是无比快乐的，上等舱的生活虽富足，却如行尸走肉般永远被束缚。相比之下，没有一切繁杂做作礼节的下等舱有着贫穷而简单的快乐，杰克和罗丝享受着这里自由派对的快乐，更在船头上演了电影史上最经典的一幕——展翅双飞。此刻苦中作乐的爱情，包含的是唯美。然而快乐的时光永远短暂，突如其来的冰山打破了原有的美好，设计上的漏洞注定了沉船要成为一场天大的悲剧。此刻，爱情真正升华而变得伟大，“永不放弃”、“好好活下去”成了绝唱。伴随着“my heart will go on”的动人旋律，影片在最高潮绚烂地结束。这最后时刻的动人爱情，是生死相依！因为伟大，所以经典！

经典，却不只是因为爱情，更因为那个波澜壮阔时代的众生相浮世绘。豪华壮阔的泰坦尼克号宛如丑恶的等级示意图，上等舱的贵族们享受着奢侈糜烂的富足生活，也接受着最好的服侍；而下等舱的普通老百姓却住在一个个破旧脏乱的小卧室里，享受不到所谓的一点点服务。当灾难来临时，面对数量极其有限的救生艇，那些平日风光无限、“温文尔雅”的阔佬贵妇都不顾一切地争相冲向救生艇，而下等舱的平民们却被以维持秩序为由像关押野兽般锁在门内，最终只能悲愤地葬身鱼腹。这就是伟大的泰坦尼克号吗？可耻！可悲！可恨！但这注定不是它的全部写照。它并不缺乏正义与善良，船沉时，船长和设计师都没有逃跑，而是选择与船共存亡；呼啸的寒风中，演奏师们也一刻没停止演奏，尽着自己最后的责任。而在冰冷的海水里，男女主人公也从未停止散发火热而无私的爱……这些也都是那个年代最好的缩影。因为深刻，所以经典。

这就是泰坦尼克号，有它的传奇，有它的伟大，有它的经典。就好似一场梦，萦绕在我的心头。

而一切的一切，都伴随“my heart will go on”的歌声定格在了北冰洋湛蓝而冰冷的海面……

摩挲两宋

漫长的暑假，注定要与繁重的作业和辛苦的复习相伴。然而偶然的一瞬，发现并喜欢上了“史上最牛历史老师”袁腾飞，由此开启了我触摸两宋沧桑印迹的旅程。

那是最好的年代，经济发达，文化鼎盛，既涌现出寇准、王安石这样的千古名相，也诞生了岳飞、韩世忠这样的善战名将。此真可谓国之荣、民之幸也！

那是最坏的年代，皇帝昏庸，奸臣当道。奸佞不道的秦桧、贪生怕死的刘光世、大逆不道的走狗刘豫之辈层出不穷，可怜大宋江山一直风雨飘摇，偏安江南。此真可谓国之耻、民之哀也！

但无论在历史的长河中两宋会怎样被人理解与铭记，这幅史诗般的历史长卷都值得我去触摸，去用心感受。

我为它的强硬而骄傲。太祖重文轻武的策略为大宋人见人欺、无力抵抗外族入侵的境遇埋下了伏笔，然而华夏子民却从未自甘堕落。宗泽可以终其一生致力于收复失地，直至临死都不曾忘怀；韩世忠可以凭满腔热血，指挥八千士兵大破十万金兵铁骑；岳飞可以以一颗赤胆爱国心杀贼报国，哪怕最后含冤而死；就连区区一个兵卒都不愿降金叛宋，宁肯为国捐躯……无数的志士骁将共同在历史上为大宋书写了浓墨重彩的坚强一笔！

我为它的软弱而悲愤。无论军民们再怎么同仇敌忾，武将们再怎么奋勇杀敌，大宋皇帝的眼里都只有“逃跑”二字。祖先留下的中原基业可以不要，皇帝的宝座却一天都舍不得放弃。眼看江山社稷被异族一天天残食，只可怜了宗泽、岳飞一代名将遗恨终生的悲剧。记得岳王庙内的那句诗吗？“青山有幸埋忠骨，白铁无辜铸佞臣。”那正是对岳飞等人最惋惜的鸣不平和对秦桧之辈最无情的控诉呀！这些昏庸皇帝、奸臣佞相终究只能是为绚烂的两宋抹黑而遗臭万年！

两宋的风风雨雨，令人感叹，令人唏嘘！

然而历史终究是过去了，也不会重演，但它给了我们最大的启迪和智慧！

摩挲两宋，让我在与历史的邂逅中，学到了太多，感悟了太多……

摩挲幸福

太阳的漩涡，有人说它是黑斑，也有人说它是美人痣。

——题记

托马斯·杰斐逊在《独立宣言》中写道：人应被赋予自由权、独立权和追求幸福的权利。自由、独立的权利都很好理解，那幸福呢？

微笑就是幸福吧。

永远记得《美丽人生》中小男孩在新中国成立后坐在坦克上开怀的笑；永远记得《肖申克的救赎》中主人公重见天日后如释重负的笑；永远记得《当幸福来敲门》中男主角取得成功时眼含热泪的笑……

这是幸福吗？毫无疑问，发自内心的笑容证明了一切。

同样，难以忘记《美丽人生》中小男孩在集中营时担惊受怕的痛苦；难以忘记《肖申克的救赎》中主人公在监狱中度日如年的痛苦；难以忘记《当幸福来敲门》中男主角穷困潦倒时的痛苦……

这是幸福吗？我想答案也是肯定的，没有对痛苦的坚持，又岂会有最后的微笑？

痛苦也是种幸福！

这是对幸福最深层次的诠释。人的一生就如同一条大河，有高潮，也有低潮。一帆风顺的人生只会是一潭死水。既然成功和挫折都难以避免，就让幸福成为一种态度！一种对人生、对命运的态度！

在高潮中微笑，享受人生的快乐，当然幸福；在低潮中痛苦，但坚持与命运抗争，又何尝不是一种幸福？

保持幸福的态度，就是柳宗元寄情山水聊以忘忧的那种豁然；就是欧阳修醉翁亭里与民同乐的那种旷达；就是范仲淹“不以物喜，不以己悲”的那种乐观……

海子在诗里写道：面朝大海，春暖花开……从今天起，做一个幸福的人……的确，幸福就要有大海般的胸襟，包容一切的苦难与成功，去痛苦，去微笑，去感悟，去摩挲……

这就是幸福！

漠北，让我心醉

黄沙漫漫，黑雾浓浓，眼前突兀浮现的是漠北……

也许是“大漠孤烟直，长河落日圆”的壮美，也许是“长烟落日孤城闭，四面边声连角起”的凄美，也许是……

无论如何，总是那么让人心醉。

行走在壮丽的漠北，北风卷地，落日熔金，黄沙万里，人雁南飞，共同构成了一幅边塞的奇景。没有山清水秀，没有小桥流水，不同于中原的富饶，更不同于江南的婉约。属于漠北的，只有那份特有的粗犷，特有的壮美。天边的落日已将黄昏时的层云染成金黄色，一行孤雁也渐行渐远地消失在视野中，忽而让我感到一种不同于青山绿水、不同于白墙黑瓦、不同于青石板街的心醉……

漠北的壮丽，让我心醉。

行走在历史的漠北，望不到边的大漠中依稀能看到沉睡着的断壁残垣。摩挲着破败不堪的老城墙，仿佛回到了那个战火纷飞的年代，来自中原故土的战士们在这里为了国家、为了民族浴血奋战，男儿们的热血早已融进了这片土地。顿时，一股敬意油然而生。千百年来，一直是漠北横卧在祖国的边陲，保卫着大好河山，见证着历史的更迭。这厚重的历史底蕴，同样让我感到心醉……

漠北的历史，让我心醉。

行走在精神的漠北，漠北本身就是一种精神。如果说江南是一位清丽柔美的女子，那么漠北就是顶天立地的男子汉。前者灵秀，柔情似水。后者却更有一种返璞归真的自然不羁。它刚猛，如同一位战士守卫在祖国的边塞；它朴素，化作一粒粒尘土厚德载物；它坚强，历经千年的风沙却岿然不动。这精神正是漠北之魂，实在让人心醉！

漠北的精神，让我心醉。

这就是漠北，一片神奇的土地。它的壮丽，它的历史，它的精神，注定要在华夏大地永垂不朽！

而漠北，永远让我心醉！

那一次，我读懂了“小鱼”

“小鱼”费舍尔，一个若是在原来我根本不会在意的名字，虽也曾有过0.4秒绝杀的灵光一闪，但在我眼里，他不过是个投篮失准、速度奇慢、偶尔回光返照一下的老将，球风还有些肮脏，小动作极多，是个着实的球场老滑头。

可那一次，我却改变了看法。

那是一场至关重要的西部半决赛，费舍尔所在的爵士客场将要挑战疯狂的勇士队，全队上下都在紧张地准备。然而这时，一个坏消息从医院传来，费舍尔的女儿眼疾加重，需要马上动手术。顿时，一个难题摆在了费舍尔面前：是尽自已做父亲的责任，还是尽自己作为球员的责任？已为人父的费舍尔艰难地作出了选择：陪伴女儿。父亲的责任感让他宁愿放弃比赛也要把呵护送到女儿身边。没有队友责怪他，大家对这个最崇高的父亲报以的是最真诚的理解。

然而缺少了费舍尔的爵士还是受到了影响，一直被勇士压着打，当大家近乎绝望时，转机出现了！费舍尔在女儿手术完毕后，立马乘飞机风尘仆仆地赶到比赛现场，并在第一时间投入了比赛。没有经过热身的费舍尔状态却好得惊人，身先士卒地吹响了反攻的号角。而队友们在他超人归来的影响下士气大振，一举擒下了勇士，占得了晋级的先机！

故事还没有结束。为了能更好地照顾女儿，费舍尔不惜背负叛徒的骂名，转投拥有更好医院的洛杉矶湖人队。他无尽的父爱让老天都感动了，在这里，他再次拿到了象征球员最高荣誉的总冠军，也正是他关键的三分球几次挽救湖人于危亡之中，成就了其最后的重返巅峰。

好父亲，好球员，好男人，铁汉亦有柔情面！

一切荣誉和褒奖，费舍尔当之无愧。

在父爱的感染下，一切的不理解已烟消云散！

那一次，我真正读懂了“小鱼”——费舍尔！

那一刻，我们心在一起

有一种感动，可以穿越千山万水；有一种骄傲，可以覆盖神州大地。为何你我的胸膛跳动得如此炽烈？只因我们是龙的血脉，体内流的是龙的血液……

“震”撼

2008 年 5 月 12 日 14 时 28 分，汶川

美丽的巴蜀山清水秀，人杰地灵，这个天府之国显得那么安谧祥和。然而自然也有狰狞的一面，一场如死神般的地震偷袭了这片净土，刹时间，8 万同胞的性命灰飞烟灭，美丽的山色水景支离破碎地变成了废墟，神州俱悲，山河噙泪。可怕的地震不仅震撼了华夏大地，更震撼了人们的心灵。然而大难无情，人间有爱，四川的同胞们啊，请你们拭干眼泪看看吧：炎黄儿女的心永远同你们在一起。雪中送炭的救灾物资，前赴后继的武警官兵，爱民如子的主席总理，全国人民都在奉献自己的一片赤诚之心。天灾固然可怕，但不要忘了：那一刻，我们心在一起！

骄“奥”

2008 年 8 月 24 日 20 时，北京

夜晚的北京是那么繁华辉煌，流光溢彩，然而那一刻，却又显得那么特别而有意义。七年磨一剑的奥林匹克盛会终于在绚烂中落下了帷幕。百年奥运的一朝成功是我们每一位中国人心中的骄傲，十六天的激烈角逐，让每个人都那么的记忆犹新，意犹未尽。记得杜丽战胜压力夺金后的笑靥如花，记得杨威重返巅峰夺冠时的气冲霄汉，记得男篮小伙子们出线后的喜极相拥，一切的骄傲只因为一个所在，那就是中国。雄壮的义勇军进行

曲缓缓奏响，鲜艳的五星红旗冉冉升起，回味着我们的百年奥运梦想，我真正明白：那一刻，我们心在一起。

无论是喜悦后的骄傲，还是泪水后的感动，我们都一路走来，坚强挺过。只因为那一刻，我们心在一起。

就让我们一起高唱："一样的血，一样的种，未来还有梦，我们一起开拓……"

难忘那一声吼

喜欢上“林肯公园”还不到一年，我却愈爱愈深。匆匆的邂逅让我们彼此都来不及考虑，而记忆也可能会随着时间的流逝风化，但我永远难忘那一声吼！

没错，就是主唱查斯特演唱时那纵情一吼！

时光仿佛回到了我们初次相遇的场景：我缓缓打开 CD 机，期待音乐的响起。然而当激昂的重金属音乐在耳边炸开时，我还是毫无抵抗地被震撼了。

一声“I become so numb”仿佛洗去了世间的一切，一切浮华，一切世俗，一切痛苦，全都被这源自心底的震天一吼震个粉碎。伴随着一声声无比亢奋的重金属伴奏，我仿佛被活生生地拽进了一个音乐的世界。

又一声“I can't feel you there”则完全感染了我的心。我分明听得出，那是灵魂在歌唱！没有矫揉造作，没有无病呻吟，而是完全源自心底的宣泄。查斯特悲惨的身世让他选择了用能震碎一切的嘶吼唤醒沉睡的光明，用雄性的声线刺穿伪装的面具！

那一声吼，分明是一个历经沧桑的热血男儿的真情袒露！

面对人世间的黑暗，我们可以忍气吞声，但那终究不是最好的方式。也许我们卑微弱小，但没人能阻止我们的反抗。一声源自心底的嘶吼，是灵魂的声音，是斗志的迸发！

嘶吼，并不悠扬，并不婉转，并不动听。然而音乐终究不只是愉悦人的工具，它要唱出心声，它要唱出感情，它要唱出生命！

哪怕是击碎一切，只为换得心底的光明！

林肯公园，我们的世界本无交集，但你们的一声吼，穿越了时空，更唤醒了沉睡在我内心深处的激情与斗志。

光阴荏苒，歌曲本身也许都会被遗忘，但难忘那一声吼！

你教会了我

又是一年寒假。彼时的我，早已不再贪恋童年玩耍的美好。为了在漫漫长假中找到一丝心灵的慰藉，我选择了你——《悦读》。

翻开富有诗意的扉页，一股沁人心脾的书香涌向心头，卷首语就那么深刻耐品——守住一颗宁静的心。的确，这不正是对我这颗忙碌学习生活中无比浮躁的心灵的最好训诫和教导吗？

继续往下翻，每一篇文章都那么深刻而富有哲理，我完全陶醉在了这一个个短小精悍的故事中，就仿佛是一次灵魂的洗礼，让我领悟了太多，学会了太多。

你教会了我以爱待人。诚如纪伯伦的那句话："爱不仅使爱者尊严高贵，亦使被爱者尊严高贵。"当我们经历爱、体验爱、心中涌动爱时，心便因为爱而博大、广阔、温柔、激情洋溢、馨香弥漫。在一个爱与被爱的故事里，我真正明白，爱是人类最美好的情感，是无比芳醇的精神体验。人之所以为人，就是因为心中有爱。爱的力量超越了痛苦，超越了忧伤，超越了仇恨，超越了愤怒。是你，让我真正学会了把爱的种子种在心底！

你教会了我珍爱生命。人生的确有许多不如意。然而命运同样赋予了我们"拥有"的机会。因为懂得，所以珍惜。世人皆想有我所爱，殊不知爱我所有才是最大的幸福。生命对于每个人都只有一次，没有理由不去珍惜。在饱含激昂向上的字里行间，我真正明白了生命的意义。

你教会了我留住希望。喜欢海明威的那句话："人可以被打倒，但不可以被打败。"为什么？因为人有希望！希望是力量的源泉，是指引世人走向成功的明灯。就算失败一千次，只要希望在，一切皆有可能。你用一个个实例在向我传达着这个信息：留住心底的希望吧，用它去战胜一切阻碍你的挫折与失败，成功终将属于你！

从来没有事物像你这般刻骨铭心。人的一生要走过很多机关，有时它的钥匙就藏在一些细如流沙的小故事里。而怎么打开它，是你教会了我。

你在我心里

你，曹操，一个饱受历史争议的人物。世人皆认为你是奸雄、枭雄，而你在我心里却是一个不折不扣的英雄。纵观三国群雄，唯有你才配得天下。

英雄之勇

你在我心里胆识过人。是谁敢于在乱世中把持风雨飘摇的朝政，挟天子以令诸侯？是你，曹操。是谁敢于只身一人刺杀权倾朝野、一手遮天而又有吕布护卫的董卓？是你，曹操。又是谁敢于在兵力绝对劣势的情况下与割据一方的袁绍在官渡决一死战？还是你，曹操。的确，心有多高，舞台就有多大。你心比天高，这就注定了你必在历史的舞台上大放异彩。三足鼎立中，刘备是靠追随自己的谋臣猛将打下了江山，孙权则有继承父业的色彩，唯有你真正胸怀天下，虽“老骥伏枥”，却“志在千里”，最终纵横六合，横扫八方，一统北方。

英雄之谋

你在我心里雄才大略。世人都说诸葛亮神机妙算，可在我看来，你在三国里是最有智慧的人。你巧借丞相之位，挟天子以令诸侯，为自己占得强有力的战略条件，也为后来的三分天下埋下了伏笔；官渡之战，你本身完全处于劣势，却凭借自己的知人洞物，出奇制胜地给了袁绍致命的一击，完成了史上以少胜多的经典战役，为统一北方奠定了基础；赤壁一役，你虽惨败，却丝毫未伤元气，反而分化了孙刘联盟，直接削弱了蜀汉。整个三国全都在按照你的蓝图发展。只可惜你英年早逝，加上魏国内部矛盾重重，才最终没落，实在可悲。

英雄之才

你在我心里文采风流。五千年灿烂文明，不缺少军事家，也不缺少政治家，更不缺少诗人。但如果俱为这三者，就实属罕见了，而你就是其中之一。无数的战火侵扰并没有打乱你的思绪，反而让你开创了慷慨悲凉的“建安风骨”。好一个“对酒当歌，人生几何”的豪情，好一个“老骥伏枥，志在千里”的壮志。你不光有勇有谋，更是一位才华横溢的诗人。而出众的文采也为你平添了一份感性的气质，让你成为一位极富人情味的英雄。

这就是你。你在我心里不愧是治世之能臣，乱世之英雄！

欧洲杯：笑与泪凝成的史诗

8年前特雷泽盖那一记金球让所有人记住了这位来自法国的毛头小子；4年前的希腊神话更是让很多人都刻骨铭心；今年斗牛士再次用华丽的进攻，时隔44年之后再度登上欧洲之巅……而意大利、葡萄牙、德国却终究只能成为伟大的注脚。

比赛是残酷的，一支队伍的成功就意味着15支队伍的失败。刚刚过去的欧洲杯是又一篇笑与泪凝成的史诗——

笑　篇

随着来自意大利的主裁吹响了全场比赛结束的哨音，德国与西班牙的决赛结束，这也标志着本届欧洲杯画上了一个圆满的句号。最终，伊利西亚人凭借托雷斯在33秒巧妙的捅射击毁了德国战车，也结束了我的看球之旅。平心而论，西班牙配得上这场比赛的胜利，华丽的进攻，精湛的技术，巧妙的配合，完全压制住了日耳曼战车，若不是年轻人把握机会的能力欠佳，德国队的球门远不止被射穿一次。不过，就像斗牛士一样，只需要一剑，就可以刺穿敌人的心脏。比赛结束后，西班牙人“疯”了，他们尽情地笑着，唱着，拥抱着，享受着属于他们的胜利，队员们更是将老帅阿拉贡内斯抛起来庆祝。领奖台上，队长卡西利亚斯高举德劳内杯发出震天怒吼，让我们深刻地感受到斗牛士们的狂喜……激情与汗水在此刻共同迸发，时间也定格在了那长长的发自内心的笑脸上……

当然，除了西班牙，土耳其也是赢家，连续三场比赛逆转对手获胜，虽然在半决赛中惜败德国，但他们那种不到最后一刻不认输的突厥精神还是得到了所有人的尊敬。他们同样是笑着离开的……

欧洲杯是笑凝成的。

泪　篇

与西班牙人的狂喜相比，德国人的身影却显得那么落寞、悲壮。坚持战斗到最后的他们，终究成为最后一个卷铺盖回家的球队。平心而论，德国人踢了一场丑陋的比赛，比赛的过程实在不敢让人恭维，除了控球率稍占优势，其他一切技术统计全部处于下风。射门次数还不到西班牙人的一半，脚下功夫更是粗糙得让人难以置信。比赛结束的哨音仿佛成了一声丧钟，标志着日耳曼战车坠入了深渊。队友看着西班牙人疯狂的庆祝，心情可想而知。巴拉克呆立在球场上，表情迷茫，欲哭无泪，这已经是他个人的第 13 个亚军了，千年老二这顶帽子真就甩不掉吗？莱曼在颁奖仪式上，红着眼圈，轻轻地摸了摸德劳内杯，他知道，这可能是他最后一次代表德国队出战。而年轻的“小猪”坐在球场边，泪水更是从眼眶里喷涌而出。时间也定格在了德国队员们泪洒赛场的脸上……

当然，除了德国队，还有许多队员同样欲哭无泪。捷克门将切赫在对土耳其的比赛中晚节不保，状态全无的亨利更是打进了乌龙球，恐怕泪水也只能往他们心里咽了。

欧洲杯也是泪凝成的。

有充分的理由笑多少，就有充分的理由哭多少，在欧洲杯背后，掩藏着一个关于足球的传说……

喷·搏

寒假，日常晨练。偶经公园一隅，驻足观望。

没错，是喷薄的喷泉。

如一朵盛开的红莲，绽放出最美的活力。每一束水柱都直指青天，仿佛要射穿一切。数十条“巨龙”沐水而出，好不壮观。

我竟不由得走上前去，感受它的活力，任凭它飞溅在我的脸上，只感到一股最清澈的、源自心底的热情与自信。

然而望着，感受着，却又疑惑了。

这喷薄的“巨龙”，真是我熟悉的“静如止水”的“水”吗？这真难以置信！水本是无形的啊！它只会温柔地滋润和轻抚一切，从未有过如此强大的力量啊！

是什么让水有了喷薄的力量？

没错，是那高压水泵。几万帕的高压赋予了水喷薄的能力，使之爆发出最强大的活力。

脑海中浮现的一潭静水，眼前这直刺青天、喷薄齐飞的“水龙”，竟出自同源，只因压力，便为喷薄埋下了伏笔！

这不正像初三的我们吗？同样要面对升学的压力。是被高压打散，还是冲天一飞，完全取决于我们自己。但相信，乘着那万帕的动力，我可以喷出活力，搏来光明！

墙的故事

我是一堵墙，一堵斑驳的城墙，坐落在华夏大地的心脏已千年有余。六朝古都的历史让我相比于其他城墙，有着太多它们难以企及的厚重与神韵……

我是坚强的，千年的风雨都未能将我摧毁。金戈铁马，刀光剑影，甚至炮火连天，对我来说都如同家常便饭。而手足相残，钩心斗角，权力更迭，我也早已见怪不怪。当新中国成立的呼声从我这里传向大江南北时，从同样也是在这里签署的一个个不平等条约开始的百年屈辱历史终于结束。我真的认为，我会和新中国一样，有一个无比光明的未来！

然而真正等待我的，却是战火都没有做到的——死亡。我的兴，源于我在北京；我的亡，同样是因为我在北京，这个国际大都市，这个全中国的政治、文化中心。我成了城市发展、建设的阻碍，一栋栋拔地而起的高楼正步步紧逼地蚕食着我的生存空间，当我的历史意义被缩到最小时，毁灭的命运也许真的在所难免。

不知所措的我开始回忆过去。战争时期，我刚脱离荒蛮不久，虽然身处七雄中最弱的燕，但这里的百姓拼尽全力守护我。我的故事从此开始。而后的几百年，我虽未曾当过首都，却也一直是兵家必争之地。到了元朝，我成了大都，在这个强大无比的军事帝国中央，我高枕无忧。到了明清，我又成了紫禁城，平民百姓甚至都不能看我一眼，我真正达到了顶峰。而当近代解放的战火燃遍全中国时，我又因为傅作义将军的深明大义而再次逃过一劫。千年的大风大浪我都已挺过，难道真的要在和平年代灰飞烟灭吗？我不敢相信，也不能相信。

我只能怀疑自己存在的意义，也许我的古老真与城市的现代化格格不入，也许属于过去的我真应该被岁月风化，被时间遗忘。但我觉得：历史不该被遗忘！

一堵城墙，是一份缅怀，是一份崇敬……

这就是我的故事，也许已经没有了下集，但应该被流传下去……

盛开在成长道路上的花

成长是一次旅行，一场征程，一条很长的路。然而一路走来才发现，青葱岁月里，唯有那萦绕着的旋律，还一直伴我左右……

一

小时候，那旋律还只是一首首稚嫩的歌谣。歌唱祖国、少先队，赞颂老师和父母，甚至小花、小草、小动物，都以一曲曲最真的旋律深深烙印在我的脑海中。记忆中还依稀浮现，那时的我尽管连歌词什么意思都不懂，但只要旋律响起，哪怕再沉闷，再悲伤，我也会即刻转悲为喜，甚至兴奋得手舞足蹈，比什么“甜言蜜语”哄我都灵。

也许我一直都没意识到，不经意间，一颗热爱旋律的种子已在我幼小的心灵里扎下了根，正在悄悄萌芽……

二

逐渐长大，那旋律便成了与同龄人一样的流行音乐。收音机、录音机早已淡出历史舞台，此时占领我们的MP3、MP4的是周杰伦等层出不穷的音乐小天王。嘻哈、R&B、饶舌、中国风，丰富多彩的音乐形式闪电般地对我们进行着“洗脑”。此刻的我更把那旋律当作一种文化来看待。徜徉其间，同样感受到从未有过的愉悦与放松，那旋律是身心最合适的归宿。

有意或无意地，那曾经种下的种子正无比迅速地吸收着甘霖，不断长大，甚至已含苞待放……

三

而现在，那旋律已脱胎换骨成震彻人心的摇滚。也许这种喧嚣与嘈杂永远无法为大众所接受。但在我眼里，这才是真正的旋律。没有矫揉造作，没有无病呻吟，当激昂的重金属伴奏在耳边炸开时，旋律本身仿佛回到了最原始的状态。彼时我才明白，旋律终究不仅仅是用来愉悦人的，它还可以用来表达心情，唱出心底的声音，吼出灵魂的宿命。

人生的夏季，已是山花烂漫时。而那曾经卑微的种子，即将在成长之路上盛开最美的花朵……

四

没错，那旋律，那动人心弦的旋律，便是盛开在成长道路上最耀眼的花。岁月在沉淀，历经走过的一切，那旋律已洗尽铅华，绽放着自己最美的韶华，散发着最动人的芬芳……

成长之路还在继续，那旋律之花也注定会永远盛开！

十　年

写下这个题目，不由得让我想起了陈奕迅的《十年》，但是我认为你的历程更符合他。方文山，一个不会让大家感到陌生的名字。

十年之前，伴随着周杰伦的横空出世，你也一炮走红，成了 Jay 的御用词人。你们两个人的合作的确天衣无缝。如果说 Jay 是红花，那么你就是绿叶；如果说 Jay 是鱼儿，那么你就是大海；如果说 Jay 是太阳，那么你就是天空……

十年之后，经过无数次获奖的历练和歌声的洗礼，你的词也由十年前的略显青涩变成了如今的成熟老练。十年的风风雨雨让 Jay 成为当之无愧的 R&B 小天王，而你也成了中国第一词人……

十年之前，是《最后的战役》的哀伤之调；

十年之后，则成了《甜甜的》的欢乐之歌。

十年之前，是《斗牛》的青涩刚健；

十年之后，则成了《青花瓷》的华丽柔美。

十年之前，是《东风破》的沉郁忧愁；

十年之后，则成了《千山万水》的积极向上。

十年之前，是《我的地盘》的玩世不恭；

十年之后，则成了《周大侠》的轻松写意。

……

这十年，是变化的十年，“枫叶将故事染色，结局我看透……”

这十年，是等待的十年，“天青色等烟雨，而我在等你。炊烟袅袅升起，隔江千万里……”

这十年，又是追梦的十年，“梦与希望在飞，我上前去追，有目标就不累，等着我超越……”

十年之后，依然喜欢你，方文山。

十三年蜕变：小飞侠终登王座

科比，这个星球上打球最好的男人，真正的篮球界王者。

不要说科比是乔丹第二，他就是独特的自己。正如广告语中他自己所说：爱我，或者恨我。他永远是最受争议的那个，喜欢他的人把他视作天之骄子，厌恶他的人恨不得说他“无耻卑鄙”。但其实，完美者的完美很多时候都虚幻而遥不可及，科比这个真性情男儿，却让我愈发崇拜。

科比是幸运的，出生于篮球世家的他，从小就受到了最好的篮球教育。而与其父亲在意大利生活的经历，又让他不知不觉有了欧洲人那份荡涤尘埃的气质。骨子里那份特有的桀骜不驯、绝不认输的性格，注定了他终究要成为球场上最可怕的杀手。作为高中生球员，他一进入联盟就加入了联盟中最好的球队，并和联盟中最好的内线巨人搭档，最年轻的 NBA 球员，最年轻的全明星首发，扣篮大赛冠军，24 岁时便已有 3 枚总冠军戒指在手。而当奥尼尔东游，他更是成为球队当仁不让的老大，中流砥柱、得分王、MVP 等荣誉也接踵而来。当科比步入而立之年时，他可能就会发现，NBA 里所有的荣誉，他已品尝个遍。星途灿烂，科比真的是幸运女神最青睐的！

科比又是不幸的。十三顺位被选中的他绝对称不上“高开”，前两个赛季的捂板凳生涯更让他品尽了失落的惆怅。奥尼尔的到来，的确带来了实力上的质的飞跃，却让他一直活在奥尼尔的阴影之下。镁光灯下，MVP 奖杯前，永远都是那个最受瞩目的大胖子，他只不过是一个跟班小弟。当 2004 年史无前例的“F4”因他的莽撞而曲终人散时，他终于按捺不住独挑大梁的渴望，歇斯底里地向球队高层逼宫，而结局是：奥胖被挤走了，万千指责声也不期而至——“一定是科比逼走了奥尼尔”，进而带来的是球队实力严重下滑，三年连续无缘季后赛第二轮。科比被逼到了风口浪尖，个人英雄也走到了绝路。当科比击破官司、交易、手术的流言，承受了一切的打击，开始带领队友们复兴紫荆王朝时，却悄然发现，年少的他也已到了而立之年……

不管怎样，这些其实都是命。但科比永远与众不同，在幸与不幸之间，他只给了自己一个选择：勤奋与坚持。于是我们看到1997年那记关键球投成三不沾时，他整个夏天抓狂似的魔鬼训练，甚至还得到了“训练馆老鼠”的称号；2003年身陷官司的困扰时，他却屡屡上演“听证会法则”，但凡法院听证会之后，他必将疯狂砍分，上演奇迹般的单骑救主；2008年，他又击破转会传闻，在不利的局面下率领队友们一举杀进总决赛，甚至还加冕了常规赛MVP……

天道酬勤，成功属于2009年——无懈可击的完美表演终于赢得了属于自己的总冠军，更拿到了梦寐以求的总决赛MVP！

十三年的蜕变，小飞侠终登王座！

此刻我想：十三年的笑与泪都已化为云烟消散，科比似乎是在用行动向全世界宣告：一切的打击对于他来说都不值得一提，结果已然证明了一切……

男人，王者，科比如是！

曾经的激烈，曾经的轻狂，曾经的飞扬，不过是沧海一声笑，不过是清弦一曲，积淀下来的，唯有男子汉的成熟！

岁月在流逝，而一个时代正悄悄开启……

——后记

水晶心，钻石泪

水晶，璀璨夺目；钻石，光彩照人。有一种爱，却可以让它们失去光彩；有一种情，却可以让它们黯然失色……

那就是母爱。

——题记

我爱吃梨，却厌恶其外甜内酸的特质。每每吃到最后，便会蹙眉“兴叹”，甚至想放弃。妈妈是最了解我心思的，每次吃梨，她都认真地用刀把梨外面最甜的一部分削下来给我吃，自己只吃中间最酸的部分。为了让我吃得心安理得，梨最酸的部分妈妈总是吃得“津津有味”。我是大快朵颐，妈妈却舍不得吃一口甜的。想到这儿，我心里就一阵酸楚。妈妈似乎像是这梨呀，把温暖放在外表给别人，酸楚却永远只隐藏在自己心里。

这是水晶般的心呀！

我爱打球，没打出什么名堂，却很不注意保护自己，每次都把自己打“伤”了才罢休。一到那时，妈妈就心疼得要命，却又不忍扼杀我的爱好。上次，我又打球累到腿抽筋，膝盖还摔破了一个大口子。我拖着伤腿郁闷地回到了家。虽是一点小伤，妈妈却露出无比焦急的神色。我都为自己的固执痴迷而自责，甚至想听到妈妈的责备。然而慈祥的她，却只用温柔的轻抚、无声的泪花抚平和劝慰了我躁动的内心。那泪珠，晶莹透亮。

那是钻石般的泪啊！

钻石恒久远，一颗永流传；水晶久闪亮，砺久万年长。那是世间最闪亮的杰作。然而它们再珍贵，也比不上母爱的水晶心和钻石泪。

因为那是人性最伟大的光辉！

岁月告诉我

弹指一挥间，四千多个日子已从我的手中流过。可在这短暂的光阴里，我却从铭刻在娟娟白纸上的字里行间，感受到了四千多年的风情与沧桑。

仿佛是淳厚的时间老人在向我倾诉……

忠　　魂

“竹可破不可毁其节，玉可碎不可损其白。”

北海之滨，人迹罕至，只有一位老人神色凝重地端坐在羊群中，这便是被流放的苏武。人已从初来时的英年变成了如今的迟暮，心却至死不渝。异族的威逼利诱丝毫动摇不了你坚定的信念，荒境的残酷生活始终磨灭不了你不变的心志。一句“等公羊生出幼崽”的承诺是多么可笑，却是你一腔忠魂的最好试金石！

氤氲在你骨子里的忠魂终将千古传芳！

岁月告诉我，忠魂可以用生命去诠释！

国　　心

“三十功名尘与土，八千里路云和月。”

落日熔金，黄沙漫漫，大漠中一位中年人率领一支铁骑南撤，表情落寞，黯然神伤。没错，那正是你，岳飞。为了国家，你早已赌上自己的性命，南征北战，你从未喊累。但这次，你真的累了，十二道金牌的班师回朝令像十二座大山般重重地压在你的身上，让你喘不过气来。曾经的纵横六合、横扫八方此刻已毫无意义。我知道你的心在泣血，但这已不重要。因为我知道“精忠报国”不仅刻在了你的背上，更刻在了你的心里！

荡涤在你胸怀中的爱国心终将永垂不朽!

岁月告诉我，国家可以用生命去奉献!

鸿　志

“长风破浪会有时，直挂云帆济沧海。”

桃花潭上，风平浪静，站在船头的人还不忍分别地惆怅而又强颜欢笑。那就是你，率性的诗仙——李白。你苦别汪伦，踏上新的旅程，却不知路在何方。你一身才高八斗，却恨无用武之地。面对仕途的失意，就此沉沦终究不是你的作风。豁达豪迈的性格始终让你不坠青云之志。到达理想彼岸之前，你从不低头!

萦绕在你脑海中的鸿志终将千古传诵!

岁月告诉我，理想可以用一生去追求!

岁岁年年，年年月月，历史的长河就这样奔走着，有悲凉，有壮丽，有凄惨，有顺畅。太多太多的记忆，在被时间风化之前，都由岁月在为我们娓娓地讲述着……

天堂里也有太空步

2009年6月25日，传奇巨星迈克尔·杰克逊死于家中……

太具有爆炸性了，就连身在大洋彼岸的我也感到了来自世界各地的震惊与悲痛——地球上最大的腕儿死了！一个只属于你的流行音乐时代结束了！

一时间，全世界都掀起了前所未有的悼念活动。也许你生前也备受争议，但现在那些早已不重要，你留给我们的只有令人难以企及的光辉形象——流行音乐之王！虽然我错过了你最辉煌的时代，但我仍要对你致以最崇高的敬意与缅怀！

你是音乐之王！你的音乐成就不需要我再去多说。连续37周销量第一，九座格莱美奖杯，十亿张专辑发行量创吉尼斯世界纪录……你超越了猫王，超越了披头士。你本人就是音乐界的最大传奇！你从不追赶时尚，却一直站在流行音乐的最前沿，因为你懂得引领潮流。太空步、黑墨镜、霹雳手套这些不走寻常路的音乐元素，成为那个时代不可复制的经典。如同你复杂的性格一般，颤栗而稳重、高亢而低沉、真假声相互融和的风格永远都那么让人琢磨不透。音乐之王，你当之无愧！你更是慈善之王！这超越于音乐之上，体现的是你人性最光辉的一面！这是你在音乐之外最真实也最让人感动的地方。没有矫揉造作，没有包装作秀，只有源自内心最纯净的爱心。你一人扶持39个慈善组织，创造了又一项吉尼斯世界纪录，无数场爱心音乐会的举办如同《We are the world》的旋律般让我们永远铭记。于是我们看到生前曾受到争议质疑的你，死后受到的却是一致的崇敬。正如追悼会上另一位MJ“魔术师”约翰逊所说：“他是个大好人……”的确，我也想说，慈善之王，你当之无愧！

但不管怎么说，你还是走了，永远离我们而去了，留给我们的只有无限遗憾和思念……

世上的一切也许已不属于你，但我知道，天堂里一定也有梦幻庄园，一定也有太空步，一定也有你天籁般奇异的声音！

有你，天堂不会寂寞……

我的 2009

零时，新年的钟声在我耳边奏响，迎来了 2010，把 2009 变为历史。兴奋之余，却也勾起了我对逝去一年的怀念。我的 2009，如同一张张幻灯片在我眼前徐徐展映。

平静 & 波澜

2009 是平静的一年。相对于 2008 的大喜大悲，它带给我们更多的是闲适与放松。股市回升了，房价平稳了，各种洲际体育赛事统统没有了，就连每年一张专辑的周杰伦在这一年也停步了。2009 年，其实我们过的不是日子，是寂寞！

2009 其实也是波澜起伏的一年。金融危机的余波仍然震撼着世界，如同地震般继续摧垮着矗立百年不倒的企业。而甲流疫情的大爆发更触动了全世界紧绷的神经。奥巴马上台，重庆打黑风暴，500 年一遇日全食……一波未平，一波又起。年末的哥本哈根环境大会算是为这波澜起伏的一年添上了一个注脚。

悲伤 & 欢笑

2009 是悲伤的一年。“7・5 事件”的发生伤害了每一个爱国者的心，连续多起酒后驾车造成的重大伤亡事故更让我们悲愤地质问社会监管力度的缺失。而一代天王迈克尔・杰克逊的离世又让大洋两岸的歌迷们陷入了深深的悲痛。这一幕幕的“杯具”早已不想回望。2009 年，你妈喊你回家吃饭。

2009 其实也是欢笑的一年。六十周年大庆举国同庆，一种前所未有的自豪感在我们心中燃烧。而全年经济增长成功实现保八目标更让每一个中国人感到骄傲。张琳实现“零”的突破，刘翔王者归来，小丁浴火重生，费德勒超越桑普拉斯冠绝网坛，科比终登王座笑傲联盟。体育界上演着一幕幕“传说”般的“洗剧”。我迷信的2009，其实舍不得你走。

奋斗 & 梦想

2009是奋斗的一年。运动员在奋斗，娱乐明星在奋斗，国家在奋斗，我也在奋斗。初三这个大炼狱终于将我融进，我深知，迎接我们的将是最残酷的战斗。无论如何，风一般的2009已在奋斗中度过。

2009其实更是梦想的一年。运动员的梦想体现在战绩上，于是我们看到全运会星光灿烂，精彩纷呈；明星的梦想体现在票房上，于是我们看到《变形金刚Ⅱ》、《建国大业》、《2012》携手冲过4亿票房。我的梦想呢？它注定会闪耀在明年那个被风吹过的夏天！

有平静，有波澜；有悲伤，有欢笑；有奋斗，有梦想……

这就是我的2009，大家的2009。

2010，一定更加精彩！

我读懂了逝去

恒河边，前来沐浴的圣徒成千上万。然而因为贫穷、疾病，河两岸竟同样堆积着成千上万的尸体。

看到这一切，阿难问佛祖："看到那些不断死去的人们，为何还有人前仆后继地过来，难道他们的"生"就是为了"死"吗？那走过的人生还有什么意义？"

佛祖仍没有睁开他的双眼，只是缓缓地答道："阿难，你忘了。死并不是一切的终结，只是一种变化……"

从我懂事那天起，一个问题就一直困扰着我。生命的开始就意味着生命必将终结。再璀璨的人生在岁月的长河中也不过是短暂的一瞬，不可能永恒。那么活着究竟意义何在？

曾几何时，我一直将这归罪于万恶的"逝去"，认为是它造成了这幕人间悲剧。然而当我轻轻转身，将目光投向自然时，却看到了一番不一样的风景象。

花　谢

花是自然界的公主，美到几乎让人受伤的地步。这也就更让人惋惜它的短暂。花开一季，然后便走向凋零。曾经的绝世容颜，只化作一片片花瓣随风而逝，甚至融进泥土。难道痛苦的萌发就为了那一刻的绽放？当人们还在疑惑时，一粒种子已在春泥中悄悄发芽。来年的这一季，它将绽放出更夺目的光彩……

花开花谢，是花儿的觉悟。

夕　阳

清晨，一缕阳光洒向大地，更洒进了人们的心田。新的一天开始了，阳光也愈演愈烈。然而不过十几个小时，它便走向了尽头。海面上，山峰间，高楼中，硕大的黄色正缓缓坠落，不带走一片云彩，却带走了光明。一丝悲凉与怅然划过人心，却没有人知道，太阳已悄然走到那个半球，为那里的人们输送光明……

东升西落，是太阳的使命。

落　潮

海浪飞快地袭来，拍打着骄傲的岩石，抚平了沙石的创伤，更洗去了一切污秽。然而这大自然的交响乐如此汹涌，却又如此短暂。顷刻间，它便褪去所有痕迹，悄无声息地回到大自然的怀抱。人们只知守候它，却不了解它为何而来。为了追求那皎洁的月光，它每一次褪去都是在为下一次到来积蓄力量，哪怕没有结果……

潮来潮去，是海浪的矜持。

“……走过的人生不会因为已经逝去而失去意义，也许反而会得到升华。”佛祖平静地回答了阿难。

我生命中最重要的邂逅

“已经听了一百遍，怎么听都不会倦。从白天唱到黑夜，你一直在身边……”

动人的旋律回荡在耳边，诗意的歌词扣动着我的心弦，那就是你，音乐！

已经忘却初次和你相遇是在何时，但那注定是我生命中最重要的邂逅！

因为你，我才觉得失聪比失明更可怕。因为失聪就意味着永远和你说再见。如果说后者只是视线的黑暗，那么前者就是心灵光明的失去。失明者失去的是眼前的无尽繁华，失聪者却失去了触动心灵的美好！

很幸运，我有幸聆听你最动人的声音。

在 MJ 的旋律中邂逅。

我从不迷信 MJ，因为 MJ 真的就是传说。他的逝去，让我感到这流行乐坛再无王者。但斯人虽已逝，留下的旋律确仍然闪烁着无比的光辉，也正是 MJ 一首首动人的乐曲真正让我邂逅了音乐。《Thriller》的颤栗，《Billie Jean》的舞动，《Beat it》的震撼，《Heal the world》的柔和，《You are not alone》的深情，一步一步打动着我，回荡在我的耳边，让遇见音乐成了我生命中最重要的邂逅！

因为感动，所以重要！

在方文山的歌词中邂逅。

喜欢周杰伦的歌，更喜欢方文山的词。当周杰伦和着旋律唱出方文山笔下的千言万语时，我邂逅了音乐的一个更深层面。在方文山的笔下，我聆听到的是《爱在西元前》的悠远传说，《青花瓷》的清丽婉约，《说好的幸福呢》的款款深情，《兰亭序》的古典韵味。它们让我明白，音乐也可以表达内心最真诚的感受。一首首诗意的歌词扣动着我的心弦，让遇见音乐成了我心目中最重要的邂逅！

因为共鸣，所以重要！

音乐是一种精神，谁说不是呢?！人需要音乐的慰藉就像鱼需要水一样。无数动人的旋律和诗意般的歌词填满了我精神世界的空白。当悲伤逆流成河时，我会用后街男孩的快乐旋律止住我的忧伤；当心情愤懑不满时，我会用林肯公园的震天嘶吼宣泄我的情感；当内心空虚无事可做时，艾薇儿充满穿透力的声线又会激励我前进。音乐精神的激励，让遇见音乐成了我生命中最重要的邂逅！

因为奋斗，所以重要！

时光仿佛又倒回初次遇见你的时候，聆听着旋律，感悟着歌词，内心无比感动！

虽然如今已物是人非，这生命中最重要的邂逅却丝毫没有变！

“情人总分分合合/可是我们却越爱越深/认识你让我的幸福如此悦耳/能不能不要切歌/继续唱我们的歌/让感动一辈子都记得……”

我是传奇

CCTV－5最近刚播放了一个关于科比与乔丹的片子：Man in the Mirror。而在绿衫军与紫金军团血战七场、湖人卫冕登巅之后，关于两个男人的故事似乎又有了新的注脚。

第五个NBA总冠军，超越了“奥胖”，超越了邓肯；连续三年季后赛得分破600，超越了“贝勒爷”，超越了“韦爵爷”；总决赛三分命中43个，超越了霍利，超越了“杀手雷”……

一神之下，万人之上，科比需要仰视的，似乎只剩下了云端之上的那个篮球之神：迈克尔·乔丹。

过去是，现在是，也许将来还会是，科比的职业生涯一直是一部和乔丹的对比史。也许太多的人会说，才拿到2个总决赛MVP的科比与手握6个MVP的乔丹差距还太大，科比对篮球这项运动的影响和推动力与乔丹相比更是只能望其项背，甚至单从总冠军数量上来说，科比也仍然落后。

但我要说的是，此时此刻，对作为现役联盟万王之王的科比来说，这些都已不重要，他不需要成为下一个乔丹。

他已经书写了一个传奇，一个属于他自己的传奇。

14年的沙场驰骋，已让科比由那个13顺位的愣头青成为联盟都为之胆寒的大杀器，并最终成为合格的球队领袖兼超级巨星！而他在这期间所经历的太多磨难亦同样是所有人都无法想象的。

年少成名的科比虽早早就拿到了傲人的三连冠，前途却没能一马平川。2003年的口水官司，2004年的队内矛盾，2005年的全线惨败，2006年的功亏一篑，2007年的季后完败，在这个曾经年少轻狂的高中生身上留下了一道道岁月的伤痕。然而科比没有像所有人预测的那样沉沦，他选择了坚持。于是，2008年杀进总决赛，加冕波多洛夫杯；2009年痛击魔术，重夺阔别已久的总冠军；2010年又力克宿敌凯尔特人，再续辉煌！

在短暂而波澜壮阔的三年里，科比完成了人生路上最华丽的转身，一次对自己的救赎之旅！

也许科比还没有乔丹那种舍我其谁的统治力去上演单骑救主，但他也同样有自己的方式拯救球队，无私慷慨的助攻，冷血致命的抢断，疯狂霸气的盖帽，刀刀见血。而真正关键时刻，科比又会一如既往地用那销魂的后仰跳投见血封喉，终结比赛。当加索尔、拜纳姆在内线摧城拔寨，阿泰、老鱼在外线绝地三分，科比穿插全场为队友做嫁衣时，所有人才惊讶地发现，科比正在蜕变为一个真正的王者，他的身上有着嗜血如命的杀气和荡涤尘埃的气质。

他注定要成为一个传奇。

也许科比是人、乔丹是神的论调还会永无休止地持续；也许乔丹的故事真的难以复制；也许后来者詹姆斯正以长江后浪推前浪的速度大步赶上，但科比还会是科比。

当20世纪60年代的拉塞尔、70年代的贾巴尔、80年代的黑白双煞、90年代的乔丹一个个充满荣耀的名字在脑海中一一掠过时，科比·布莱恩特这个名字也一定会紧跟着浮现在眼前。

很多年以后，他的传奇依然会在联盟中流传……

我希望没有母亲节

请不要误解。

我爱我的母亲，更敬佩全天下所有的母亲。

人一出生学会说的第一个词就是“妈妈”。的确，母亲，多么神圣而伟大的字眼，该让我用怎样的形容词去赞美：无私，不求回报，无微不至……这些词我想都不够贴切，因为这世间最华丽的辞藻放在母亲面前都显得是那么苍白无力。

年年岁岁，岁岁年年，母亲把对我们的爱付诸在时间的每一个角落，不论时空界限，这份爱始终如一。我们的回报不也应该是无时无刻的吗？如果只是用一年中的某一天做个表示，我认为这是对母爱的亵渎。

一个真正爱自己母亲的人不需要用母亲节那一天的良好表现来证明自己的孝顺；相反，一个不孝之人在那一天表现得再好也毫无意义，因为忤逆已经在他骨子里扎了根。

人生在世，感恩真的永远不是一天的事情，而是一个人一辈子都应恪守的信条和美德。

母亲对我们的爱，做儿女的恐怕用一生都偿还不清，又岂是母亲节那天的一束康乃馨、一封贺卡所能代替了的？这亲情不需要用任何具体的日期来象征，因为它早已融进我们的血脉，渗透进我们的心灵和生活。

所以，无论何时何地，我都要诚心诚意地孝顺母亲，即使没有母亲节，我也会把每一天都当作母亲的节日。因为我知道：一份永恒的爱需要另一份永恒的爱去理解，去爱！

无畏的希望

在末日边陲即将毁灭的地球上，仅剩一位妇女。她已满目疮痍，奄奄一息，却仍用最后一丝力气拨动着琴弦，发出一丝淡淡的余音……

这不是一幅普通的油画，它更是在向人们无声地诉说一种震撼人心、催人奋进的力量，这力量就是希望。千百年来，它从未失去神奇的效力，无论是星移斗转、沧海桑田，只要希望还在，一切就都有可能。

痛苦，失败，挫折……的确，一个人一生会面临许多打击，让人身心俱疲、心力交瘁，但如果就此颓废，那么永远也走不出失败的泥潭，只能越陷越深。只有心怀希望，无畏地挑战挫折困苦，命运女神才会垂青于你，引你走向成功。

无畏的希望，其实就是成功的前提呀！

浩浩荡荡的历史长河始终在向我们印证这个道理：

威灵顿将军七战七败，却丝毫没有被打垮，怀着对胜利的希望，最终在滑铁卢一役一战成名。

爱迪生为发明灯泡，实验失败1600多次，却没有放弃，怀着对光明的希望，终于发明了让人类告别黑暗的电灯泡。

J. K. 罗琳原本穷困潦倒，还需领社会救济金度日，怀着对文学的希望，十几年如一日写出《哈利波特》，名扬天下……

反之，如果你放弃了无畏的希望，那么成功注定与你无缘——

项羽有“一夫当关，万夫莫开”之勇，纵横六合，横扫八方，垓下的惨败却让他一蹶不振，丧失了反击的希望。倘若他重返江东，东山再起，又岂会有今生遗恨！

以史为鉴，我们绝不要做项羽，就算毫无转机，身陷绝境，也要抱着无畏的希望试一试，成功也许就在眼前！

痛苦的背后就是快乐，失败的背后方为成功，没有任何理由丧失希望，要像那位妇女，无畏地向前！

夏天的誓言

7月28日算不上什么特殊的日子，然而对我来说，却意味着我又长大一岁。十四年前那个还在襁褓中哇哇啼哭的婴孩已长成了如今的翩翩少年。这个夏天，终究应有所收获……

十四岁，真的是我人生中无比重要的一载。它好比一个原点，在它之前，也许还有属于童年的志趣与欢愉，然而真正挥别了它，却要面对人生中第一个残酷阶段。成人之前的这四年该何去何从？是在历练中逆风飞翔，还是在挫折中就此沉沦？命运之轮现在就已开始转动。

第一个誓言，是奋斗这一年。初三对莘莘学子来说有着太多的意义。作为人生的第一道坎，跨过了，似乎就能为美好的未来埋下伏笔，梦寐以求的大学也好像就在前方的路上招手。然而若跨不过，似乎注定在起跑线上就比别人矮了一头。无论如何，人生的第一次洗礼都应该珍惜。年轻没有失败，奋斗的初三，可以少一些压力。

第二个誓言，是奋斗这四年。经过中考这一次小的考验，高中三年是初中模式的复制与升级。不同的是，残酷占据了上风，这就注定高中没有了初一、初二的轻快。属于高中飞逝时光的，只有奋斗。而十八岁那场成人礼，注定也只属于炎炎六月下那场惊心动魄的国考。我的高三我的山，翻过它，人生就可能会柳暗花明。

第三个誓言，是奋斗人生的夏天。说考场如战场那是假的，它只不过是年少轻狂时最和平的竞争。然而步入社会，却真会不是战场而胜似战场。人生就仿佛是一场龟兔赛跑，天赋参差不齐，但最终的胜利者永远有着同样的特质，那就是奋斗。虽然长路漫漫，但我岂能让大好时光溜走？在人生的夏天，我要奋斗！

十四岁的生日，没有了喧嚣与轻浮，只有“风萧萧兮易水寒，壮士一去兮不复返”的誓言，有些悲壮。

但人生其实就是一场约定，信守这个夏天的誓言，命运女神的垂青也会如期而至……

像飞鸟那样生活

小时候，仰望天空，总惊羡那飞翔的鸟儿，它是那么自由，那么无忧无虑。

于是，渴望长大。长大就能自由吧？

这终究是属于童年的幻想。年岁稍长的我没有像飞鸟那样生活，甚至与心中的自由渐行渐远。

然而梦想没有变，渴望飞翔的心没有变！

在梦里，我还可以像飞鸟那样……

像飞鸟那样生活，自由。

天空永远不会成为梦想的羁绊，大海永远不会成为心灵的桎梏。在这大千世界中，自然赐予了我最美好的礼物——自由。自由地飞翔，自由地追求，自由地生活，没有什么能阻碍我前进的脚步。甩开镣铐，我便有了荡涤尘埃的气质；褪下枷锁，我便有了心比天高的豪情。自由，让整个世界成了我最大的舞台，让天空成了我唯一的极限。像飞鸟一样自由地生活，让我真正懂得了人生的真谛，当一切已不再限制你的自由，唯有不懈地追求，才会不知疲倦。

“出发了，不知路在哪儿，迎风向前，是唯一的方法……”

像飞鸟一样生活，平淡。

我只是一只普通的飞鸟，注定没有大雁横跃千里的勇气，没有雄鹰翱翔天际的力量。我只是一只平凡到了普通、可怜到了弱小的飞鸟。但我同样有属于自己的生活，同样有我平淡的追求。你可以说我“燕雀安知鸿鹄之志”，但我要向你证明，稚嫩的翅膀同样可以舞出生命的华彩乐章。在我心中，浮华的表面终究不过是过眼云烟，伟大的功成名就也终究会化作轻弦一曲，唯有像飞鸟一般的平淡，才是生活永恒的真谛！

“我是一直小小小小鸟，想要飞却怎么样也飞不高……”

一曲终了，我梦已醒来。

“I believe I can fly, I believe I can touch the sky……”我终于明白了你的真正含义。

像飞鸟一样生活，是梦。

自由飞翔，却不只是梦……

小善大爱

——读《附耳轻说》有感

闲暇时光，认真品读了毕淑敏的《附耳轻说》。故事是这样的：

一位微服出访的相国，路过一片农田，看见一农夫驾着两头牛正在耕地，便问农夫："你这两头牛，哪一头更棒呢?"农夫看着他，一言不发。等耕到了地头，牛到一旁吃草，农夫才附在相国的耳朵边，低声细语地说："边上那头牛更好一些。"

相国很奇怪，问："你怎么用这么小的声音说话?"

农夫答道："牛虽是畜类，但心和人是一样的，我要是大声地说这头牛好而那头牛不好，它们能从我的眼神、手势、声音里分辨出来我的评论，那头虽然尽了力，但仍不够优秀的牛，心里会很难过……"

看到这里，我不由得心头一震。山野中的一个农夫竟然对他的牛倾注了那样厚重的爱心。而我们人比牛更加敏感，更同样渴望被爱和关怀呀！哪怕只是附耳轻说般卑微的善良，也能在广阔的心海中激起大爱的波澜！

看见别人践踏规则和公德，如果你无力抵抗，那么恪守自己做人的准则也是一种善良；看见一只小鸟受伤，如果你不能治疗，那么把它轻轻放回原野也是一种善良；身为人师，如果不能满腹经纶，那么不误人子弟也是一种善良；建造一座高楼，如果不能建成丰碑样板，那么不偷工减料，保持自己的良心，也是一种善良……

善良，就是这么简单，它存在于我们身边的每一个角落，没有惊天动地，没有舍生取义，也许只是举手之劳，就足以点亮我们的生活，不为别的，只因它源自一颗大爱之心。

这颗心是朴素的，如同泥土，却厚德载物。这些行动是细小的，如同白雪，却晶莹高洁。

就让我们怀着这颗大爱之心，积累小善，温暖他人，用行动去诠释人生的真谛！

咬文何必嚼字

传统观念里，一篇佳作的诞生，定是要在文字和辞藻上多下些工夫的。诚然，这也许有一定的意义，但绝不应该是重点。

这首先需要从作文的目的说起。以个人愚见，“属以作文以记之”的目的无非有三：功能应用文、抒情散文和表意议论文。第一类文章最为普遍，目的也最为直接，行文需注意言简意赅，简洁明了。而后两类文章更体现了从文学角度作文的主旨，应有真意，言之有物。写作应是对心灵的梳理，对情感的抒发。纵观三类作文，并无任何一种是需要用华丽的辞藻、字斟句酌的修辞来达到行文目的的。

文章的灵魂在于其内含的思想性，其他任何技巧、形式之类的东西均只能是陪衬，而非主体。这与音乐、美术的原理是相通的。一首歌、一幅画的美在于其整体的意蕴和带给人心灵的感动和享受，而绝非某个高低音技巧变换的修饰或是对着色、布局等某个技巧的处理。

再者，对于文章甚至整个艺术领域而言，任何一类作品追求的都是一种自然、流畅、真实的感觉。过分的雕饰与处理只会让文章丧失天然淳朴之美，反倒给人以机械、冰冷的感受。在炼字遣词上下过大的力对文章而言只能达到一种形式上的“完美”、“无瑕疵”，却使作文本身偏离了浑然天成、抒发真意的轨道。

汉赋从文学性角度来讲不可谓不高，骈散对仗，华丽工整，咬文嚼字，字斟句酌，对汉字的运用可谓炉火纯青，娴熟得当，然而其却因过分追求形式，并无太多思想内涵而没有太大的文学价值。如今，这种风气似乎又要在浮躁的当代盛行。各色泛滥的文字中，只追求文字的华丽、用词的清新独特、形式的新颖大胆、唯美句子的堆叠即成文章，这显然违背写作的本意，令人扼腕担忧。

思想内容是核心，遣词造句、形式体裁只能是一件外衣。再华丽的行云流水，再认真的咬文嚼字，配上空洞的内容，也只能是“金玉其表，败絮其中”。而内容上占领了制高点，再朴实的文字，再普通的手法，也能拥有震撼人心的力量，掩盖不住文章的精彩与光辉。

我笃信文字的力量，但这力量并不来自文字本身，而是源于其背后的底蕴。咬文嚼字并不能决定文章最终是直击人心还是浅尝辄止。

最美的歌，一次录完，不需经过任何录音师的编辑就可能成为永恒的旋律。

最美的画，一气呵成，不需要任何对画面的处理技巧即可成为传世经典。

最美的文章，何必咬文嚼字！

一丝惬意心中来

盛夏的骄阳洒下一丝慵懒，伴随着窗外蝉鸣的聒噪，这个季节显得格外令人烦闷。

教室里四个破电风扇还在“呼啦呼啦”转个不停，让已晕眩在七门八类的教辅书中的我愈加心神不定。唉，这大好青春年华于我竟没有一丝惬意，只空留一声哀叹啊！

不经意地向窗外望去，瞥见了一株小树，正接受着烈日的拷打。没有高楼大厦的荫蔽，可怜的小树只能忍受骄阳的肆虐。看着它孤零零的身影，我心里竟得到一丝慰藉，看来不只是我需经受这个苦涩季节的考验啊！

带着同病相怜的感情，我细细地端详起这棵树。其实它比我还要悲惨，没有教室的遮凉不说，还没有风扇的吹拂。稚嫩的小树一定已经向骄阳屈服了吧？我开始寻找印证我猜想的“证据”，比如晒焦了的树叶、枯败的枝干……然而一遍又一遍地扫视过后，仍是一无所获。

小树还是那么挺拔地立在那里，苍翠的枝叶甚至绿得有些晃眼。

我开始有些不解，小树的矜持是为了什么？熬过烈日的洗礼，它又能等到什么？小树怎么这么迂腐？倏地，一株离小树不远的参天大树映入了我的眼帘，直插云霄，郁郁葱葱，似乎已习惯于骄阳的洗礼，没有人怀疑它的生命力，也包括我。它身上，分明有一股强大的生机和气场，一下震撼了我！我似乎也从中看到了我想要的答案。

坚持过后，那便是小树的未来！

那么我的未来呢？

可能是与小树一样……

我合上书笑了。烈日里我读出了明媚，蝉鸣中我感到了生机，电风扇施布下凉爽，功课指引着我通向未来的路。

一丝惬意，掠过心头。

一屋不扫，可以扫天下

“一屋不扫，何以扫天下?”薛勤说这话已1000年有余，兴许他是出于规劝陈蕃脚踏实地的好意。但若放在当今，确乎已不相宜了。

试想一下，毛主席要是从学习枪法开始，一间间屋子逐渐扫下来，他带领千千万万中国人民站起来要等到什么时候？毛泽东不拘小节而成大事，这难道不是“一屋不扫，可以扫天下”的最好写照吗?

记得一位成功大家曾这样分析过：那些把每件小事处理得认真入微的人，不一定会取得成功，因为他们可能并不具有良好的大局观和掌控全局的能力。而那些小事做得马马虎虎的人，只要对大局有着良好的决断能力，反而能够取得成功。

就是这个道理，细节总归是要为整体服务的。只要整体把握好，即使细节做得不完善也还有补救空间，起码还有框架；然而如果部分构不成一个整体，就算细节再好也什么都不是。上升到人就是：人可以在细节上犯一些小错误，但不能没有一个长远的蓝图、宏观的计划，否则想弥补也无从下手。

放眼天下，其实有许多生动的事例在印证这个道理：

霍金，年纪轻轻就全身瘫痪，衣食住行都无法自理，更别说“扫一屋”了。但他不也凭借非凡的大脑，成了20世纪最伟大的物理学家吗?

再说另一位天才——陈景润，也属于邋邋遢遢型的，日常生活的细节毫不在意，完全沉醉在数学殿堂中，最终成为一代数学家。

还有时下当红的周杰伦，被同行称作生活上的白痴，家务自然也是一窍不通。但凭借惊人的音乐才华和歌唱技巧，他不愧为人气小天王。

……

所以，让我说：一屋扫不扫并不是最重要的，关键是要有一颗博济苍生、胸怀天下的雄心，这才是成功的前提。而那些细节琐事，就算做得再好，若没有凌云壮志，成功也只是空谈。

正所谓：一屋不扫，可以扫天下。

因为有书

高尔基说过："书籍是人类进步的阶梯。"的确，书在人类上下五千年的文明史中从未失去过神奇的效力，一直是文明领域最宝贵的精神财富。因为有书，人类才真正摆脱了愚昧的桎梏，成为万物的主宰。

书之博

因为有书，我们才有知识。有人把写作比作才能的倾泻，那么我看阅读就是最好的汲取。时间老人让历史创造了书，就是因为书包含万物的真理，是我们开拓视野、增长见识的唯一途径。在书中，三言两语就是一番新天地，寥寥几行便是一次新旅程。凡有所书，皆有所用。科学使人广博，经史使人厚重，诗词使人灵秀，数学使人周密。知识如大海，书如舟，人没有舟的搭载，就无法驶向大海的深处；同样，如果没有书，人就无法触及知识的彼岸！

书之韵

因为有书，我们才有内涵。在这里，我要重申高尔基的那句"书籍是人类进步的阶梯"。人类进步的一大特征就是由野蛮走向文明，由粗鲁走向高雅。相比于运动的狂躁、娱乐的轻浮，读书可谓一项既优雅又富有情趣的运动。毫不夸张地说，一本好书从某种程度上讲真的可以改变一个人的性格。科学使人严谨，经史使人庄重，诗词使人祥和，数学使人逻辑，凡有所读，皆成志趣。因为有书，我们才可以在汲取知识的同时丰富自己的内涵，为自己平添一份书香气质！

书之情

因为有书，我们才懂得爱。诚如雨果所说：“读一本好书，就像是和许多高尚的人谈话。”的确，任何一本书都饱含作者的无限真情实感。或喜，或悲，或欢，或苦，都让我们领略了一番作者的内心世界。人需要感动，更需要爱。而这种“爱”我们是可以在书中感受到的。品味着作者的境遇，我们会同情，会愤怒，会悲伤，甚至会玩世不恭，这都会引发我们的真情流露，由此我们才能为“一花一世界，一叶一菩提”的精神世界所感动。因为有书，我们学会了爱。

这就是书的神奇，有了它，我们汲取了知识，丰富了内涵，更懂得了爱。书好比是火，点燃了我们炽热的心；书又好比是水，滋润了我们干枯的心灵；书更像是灯，把我们前进的道路照得很亮很亮……

英雄祭

“江山如此多娇，引无数英雄竞折腰……”浩浩荡荡的历史长河中，从来不缺乏英雄的身影。

英雄是一群特殊的人。他们每个人都有神机妙算之慧和万夫莫开之勇，仅凭一己之力便可扭转乾坤，力挽狂澜。然而天妒英才，他们的结局又总是壮志难酬，忧愤而终，只能作为永垂不朽的传奇留在人们的心中。英雄笼罩着太多耀眼的光环，他们肩上也同样担负着太多沉重的使命……

五千年的古国文化，因英雄的存在才显得熠熠生辉，蒙上了一层悲壮的色彩！

何谓英雄？

祭荆轲

秋叶萧萧，晚来风急。易水之边，高渐离击筑，你和着筑声吟唱起悲凉的曲调：“风萧萧兮易水寒，壮士一去兮不复还！”任凭那穿着丧服为你送行的人怎样哭泣，你头也不回地走了。你深知，这一去是凶多吉少。

秦王殿上，你泰然自若，谈笑如常，丝毫没有胆怯，只可惜天要亡你，该死的匕首没能射中秦王，你含恨而死……悲壮呼！

冥冥中，只见你含笑长吟：“我乃英雄！”

祭项羽

苍天如海，残阳如血。天边只剩下最后一抹余晖，你率领仅剩的二十八骑退到了乌江边。望着刘邦的千军万马浩浩荡荡地杀来，你不由得仰天长叹。纵横六合、横扫八方似乎就在昨天，然而现在，一切都灰飞烟灭了，如今的西楚已无力回天，除非再回江东，东山再起。可是固执的你自认为已无颜再见江东父老……悲壮兮！

只听“唰”的一声，寒光一闪，一腔鲜血喷薄而出！好一个西楚霸王！好一个“力拔山兮气盖世”！

红尘中，只见你掩面长叹：“我乃英雄！”

祭岳飞

黄沙漫天，飞沙走石，塞北的狂风磨灭不了你的壮志雄心。可是，军令难违，十二道金牌如同十二座大山沉重地压在你的心上，让你喘不过气来。眼看十年征战将毁于一旦，谁都知道你的心在泣血！壮志未酬身先死的悲壮岂是“天日昭昭，天日昭昭”八个大字所能表达的？只可惜你的一缕忠魂是带着太多遗憾离去的……悲壮哉！

好一份“待从头，收拾旧山河”的豪情！

狂沙中，只见你仰天长啸：“我乃英雄！”

风在吼，雨在叫，江水在咆哮。只能隐约看到你们立在江边，怒吼道：“我——乃——英——雄！”

虽败犹荣祭。

大义凛然祭。

英雄祭……

优雅地做自己

——读《于丹〈论语〉心得》有感

几千年前，赵普就有了“半部论语治天下”的言论。而今，在于丹大师笔下独到思想的引导下，我又有了更深层的体会。

字里行间，时光仿佛倒转了几千年。偌大的学堂里，孔子与他的三千弟子正进行着人生的提问、思想的交流以及学识的传承。睿智的提问与智慧的回答之中，蕴含的是令人回味无穷的经纶哲理，如泉涌般不竭地喷薄了几千年……

于是，几千年后的今天，它仍具有旺盛的生命力，影响着我们对人生的理解与规划。

《论语》代表的是和事中庸的儒家文化，这就注定了它的和谐与优雅，而优雅地做自己也正是它所宣扬的最高境界！

优雅地做人，于是有了“吾日三省吾身”的自律。

优雅地学习，于是有了“学而时习之，不亦乐乎”的快乐。

优雅地尽孝，于是有了“事父母，能竭其力”的美德。

优雅地处事，于是有了“己所不欲，勿施于人”的善解人意。

优雅地展现风度，于是有了“礼之用，和为贵”的礼仪。

……

这就是优雅，这本《论语》的真谛，是一个古国几千年文明底蕴的厚积薄发，是来自东方华夏民族特有的气质在孔子与他的弟子的人生对话中的完美体现！

时光仿佛又倒回了几千年的学堂，风流倜傥的老师正风度翩翩地向学生阐述并与学生讨论人生的哲理，隽永的话语超越了时空的界限，在岁月的风化中永不褪色……

没错，就是要做最优雅的自己！

又见雪花

又是一年寒冬，又见到了那熟悉的雪花。

说不好它是岑参笔下“忽如一夜春风来，千树万树梨花开”的磅礴之雪，还是柳宗元笔下“千山鸟飞绝，万径人踪灭”的孤寂之雪，又或是鲁迅笔下“如粉如沙，绝不粘连，蓬勃的奋飞”的北国之雪……

也许，它都不是。

但总觉得，这雪有一种特殊的意蕴……

独自漫步在雪地，沉重的脚步踩在轻盈的雪花上，在耳边奏出“咯吱咯吱”的交响乐。

每一步都走得很轻，生怕破坏雪花娇嫩的灵魂，但又不想停下，任凭飞舞的雪花飘落在脸上，轻垂在身上，飞舞在心里。

认真凝望着这片被雪覆盖的土地，忽而觉得很陌生，却又是那么迷人，粉妆玉砌的城市，银装素裹的花草树木，如同一幅白色的画卷。

雪花也许是这世界上最纯洁、最纯美的圣物了！用自己的身体闪耀着纯白的光辉，哪怕只是片刻就将随风而逝。

然而再美的雪花不也是平静含蓄的水变化而来的吗？它为何能完成华丽的转身，闪耀出最动人的光芒呢？

站在雪地里，我陷入了沉思。

风仍在继续吹，虽有些尖利刺耳，但给了我想要的答案！

风就好比严寒，水在风的考验下升华了自己，于是便有了雪。那最闪耀的姿色是历经最艰难的寒冬才得以绽放的。

顿时，我大彻大悟。

雪，不仅是舞者，更是勇者！

而站在中考门口踌躇的我们呢？

我们亦应从现在开始经受起严寒的考验吧！

也许，再次绽放的雪花，就是正在绽放的我们！

玉不琢，方成器

喜欢《三字经》的简洁精辟、韵味无穷，但对于其中的某些言论，我也不敢苟同。就比如那句——玉不琢，不成器。

玉不琢，才有天然之美、自然之美，如此方成大器。

反之，若是打磨太多，反倒钝化了锐气，失去了锋芒，岂能成器？

记得茱莉亚·罗伯茨那颗“触目惊心”的大黑痣吗？早在她出道时就有人劝她做掉它。她却坚决不肯，最终，有先见之明的她正是凭那颗桀骜不驯的痣的未经雕琢之美，成就了日后在好莱坞的如日中天。

要我说，未经雕琢的事物才具有浑然天成之美。而人工打磨过的，不过是些迎合人意的做作之物。

放眼人类自己，亦是同样的道理。玉，就好比人高尚的品格。人需要改正缺点，但不能丧失品质。在市井的大染缸里，能够不为环境所改变，保持一个真我，才能成大器。若圆滑地让生活磨去自己的一个个棱角，那么终究会平凡地淹没在大众里。

琢，是愚蠢地复制他人，是做作地修饰。

不琢，才是自然的，才是真的，更是美的。

另一个例子，王宝强，来自农村的他与那些被包装得光彩照人的明星相比，粗糙得难以雕琢。但不正是这样一个满身乡土气息的“傻根”，红透了整个中国吗？他凭借的是什么？就是那未经雕琢的自然之美。

其实，从人们的生活中也能发现这个趋势。吃要吃纯天然，听要听原生态，玩要玩原始森林。

不琢之玉，已经成了人们生活的主流。

正所谓“玉不琢，方成器”。

再见，传奇

麦蒂走了，这回是真的，匆忙得都来不及说声再见。

惊讶，惋惜，不舍，我甚至都不知道该怎样形容自己的心情。

永远难忘你用35秒打出13分的天人之作；永远难忘你骑在布拉德利头上暴扣的冲天豪气；永远难忘你22连胜期间的运筹帷幄……

航天城的五年，你带给了我太多惊喜与振奋。

然而如今，一切都已成了过眼云烟，春秋一梦。

农历虎年新春，本该是喜气洋洋、“虎虎”生威，但在大洋彼岸，一系列交易的流言蜚语已为你的出走埋下了伏笔，当与师长莫雷、恩师阿德尔曼形同陌路时，你最终还是选择了远走灯红酒绿的大苹果城纽约。而当初“嫁入”火箭时的蜜月再也无人提起，它注定要成为一段记忆，在我们的脑海中永远地封存。

你真要离开我们的视线，退下神坛而愈走愈远吗？

我不相信，也不愿相信！

也许别人诟病你软弱无能，没有斗志，也许你也曾在无休止的伤痛中短暂沉沦，甚至你那貌似惺忪的睡眼都被大家看不惯。但我其实一直都相信你，两届NBA得分王，极佳的身体天赋，砍瓜切菜般地掠下30分、40分的能力，12年的沙场厮杀，这些注定让你成为一个传奇。

中国有句古话：人挪活，树挪死。也许火箭与你真的缘分已尽，而纽约这个离你梦开始的地方不远的繁华都市，会是你逆风飞翔的新起点吗？那个曾经无所不能的追梦少年还能王者归来吗？

我拭目以待！

对于而立之年的你来说，无畏地将这条路走下去比什么都重要。

“伤离别，离别虽然在眼前；说再见，再见不会太遥远……”

再见，传奇。

每个人心中都有一个沉睡的战士，能激发出无限的战力，唤醒他，即是涅槃重生……

——后记

在母亲面前

我只是茫茫东海上的一个小岛，温和的海风在我面前吹拂了几千年，仿佛吹散了一切，只剩寂寞和沉淀。

我的名字叫作台湾。

三面望不到边的大洋填满了我凝望的视线。然而我并不孤单，因为母亲就在我的面前。哪怕是一湾横越的海峡，也挡不住我追寻的双眼。

母亲，您能否听见？

从一百多年前被掳去的那天起，我的梦里就只有无尽的思念。母亲那里有我的兄弟姐妹，有我的骨肉同胞，更有我的血根脉源。而六十多年前那场小团圆亦只是短暂的春天，很快，一湾浅浅的海峡就成了光年般漫长的天堑。

从此，长夜无眠。

母亲啊，儿是游子，只有您才能够理解儿那百年的夙愿。而我也能深深体会您所受的苦难。纵然我们共同拥有过文明古国的千年辉煌，也曾经历近百年的步履艰难。侵略者嗜血的刀剑，让我们骨肉分离，更伤害了您坚强的身板。

而您全都坚强挺过。在母亲面前，儿比谁都能更深切地体会一个千年古国的气场正在觉醒，那是华夏儿女的传奇，是神州大地的光荣。您以一个龙的传人的风采开怀容纳天地，传承着文明与理想。看着您的蒸蒸日上，作为儿女的我比谁都兴奋。

然而愈是兴奋，就愈是想回到您的怀抱。您能以中华民族海纳百川的心胸包容一切，一湾浅浅的海峡又岂会成为团圆的羁绊？

母亲，我要回家！

如今，风还在继续吹，心中的热却不退……

家乡月光，在我心上。太多的伤，难诉衷肠。当时的您，在谁的身旁？我已流不出当年的泪光……

在雨中

又是一场雨……

雨滴淅淅沥沥地落下来，并不算大。内心迷惘的我选择了站在雨中，让一颗颗晶莹的小水珠洗尽我心头的铅华。

一颗，两颗，缠成了线，仿佛将天地都织在了一起；很亮，很轻，打在脸上，仿佛是妈妈温柔的轻抚。细腻、温柔的雨是一个个美丽的小天使，带给我的身心从未有过的愉悦。

然而看着看着，忽然觉得雨的美竟是凄美。应是天空的眼泪吧？那么美，却在稍纵即逝的一瞬溅落在地上，幻化成一朵朵绚丽的雨花后便消失得无影无踪。那么亮，却在扣人心弦的一闪后便随波逐流。

生命是如此短暂，雨为何还要义无反顾地滋润大地？我问自己，却得不到答案。

站在雨中，身心得到了最好的放松，内心却愈加迷惘。

我注视着这渺小的雨，想从它的来龙去脉中找到一点线索。来，它来源于天上。去呢？我倏地发现：溅起的雨花并未消失，它们汇聚在了一起，流啊流，流成小溪，流成河流，也许还会流成大海。然后呢？没错，然后也许又会在今后的某一天变作雨水来滋润大地。

啊，我明白了。雨的觉悟来自它的生生不息，有短暂的倾泻，有默默的流淌；有相聚，有分离；有流光溢彩，也有黯然失色。正是因为经历了这一切，雨才在那短暂的一瞬闪耀出永恒。

而我们的人生，亦应是同样的吧？一切低谷，都只是生生不息的一部分。经历过它，人生才算完整。没有默默地熬过寂寞，又岂会有最动人的闪耀？

雨的降临要经历水的循环，亦要经历融入江河湖海之后的默默无闻。而无论要经历怎样的挫折与痛苦，人生的轮回同样在继续，总有一刻，我们要闪耀出最亮的光辉！

在雨中，雨愉悦了我的身心，更浇开了我的心田……

长大，就那么简单

在辽阔的非洲大草原上，有一种神奇的植物，叫作尖茅草。

在漫长难耐的旱季，没有人会在意它，几厘米的个头实在无法引人注目。然而雨季一来临，一切都变了。

尖茅草如同被施了魔法一般，以几何式的速度疯狂地生长，两三天便能长到两三米高，一跃而成为草原上最高的草。

尖茅草以如此简单的方式生长，秘密何在？一切都得从旱季说起。

当别的草以全身之力向上长时，尖茅草却反其道而行之，拼命地向下扎根，一米，两米，最多竟能扎下二十八米深的根。在别的草沐浴在阳光下尽情炫耀自己时，它却以这种最默默无闻的方式充实着自己，于是到了雨季，它迎来了自己的春天……

一个旱季的积淀，就让长大变得如此简单。那么我们的人生呢？

我们的人生，亦应该如此。然而我们做的也许还比不上尖茅草。有多少人愿意承受寂寞？有多少人愿意避开世俗的目光，默默为人生积淀？有多少人愿意为成功付出痛苦的等待？在浮华面前，我们更多地选择了喧嚣，选择了表现，选择了张扬外露。这样的人生岂会迎来春天？

尖茅草的长大是人生的一种方式，这对我们莘莘学子来说更是必由之路。尖茅草吸取水分，我们就应该吸取知识；尖茅草默默无闻，我们也应耐住寂寞。当尖茅草成长为最高的草时，我们也能闪耀出最灿烂的光芒！

在默默无闻中吸取养分，在孤独寂寞中充实自己。长大，就那么简单！

珍藏在我心底的美

人生就好像一场梦，我们笑过，哭过，一路走来，那些沿途的美就成了珍藏在心中最美的回忆……

——题记

“落红不是无情物，化作春泥更护花”

流水无情，落花有意。春去秋来，寒来暑往。带来的不只是生命的循环，更是生命的升华。你的一生也许只有那短短的一季，却活得无比有意义。佛说：一花一世界，一叶一菩提。的确，生时你光彩照人，装点世界；入涅槃，你又奉献自己，成就世界。“林花谢了春红，太匆匆。”花已凋，美未断，花之魂依旧会历久弥香，尽管代价是让自己的花容碾碎于尘土，湮灭在风中。

珍藏在我心底的美是落花，凄美而感伤。

“一道残阳铺水中，半江瑟瑟半江红”

世人皆爱朝阳，因为它代表希望，象征新的开始。而悲哀的是，残阳你呢？虽壮美，却不过被认为是一种回光返照，终将江河日下，不复存在。诗云“夕阳无限好，只是近黄昏”，你的美一直是跟死亡联系在一起的。而我要为你平反，世事皆有结局，再绚烂的过程也会有衰亡的结果。而你，就是最美的结局，即使到了生命的最后一刻，你也要发挥所有余热，将所剩的光辉洒向大地，在绚烂中悲壮地死去。

珍藏在我心底的是残阳，壮美而短暂。

“春蚕到死丝方尽，蜡炬成灰泪始干”

红烛依稀亮，蜡油如泪奔，无尽的黑暗中你是那么形单影只，摇曳飘忽。你没有日光的灿烂，亦没有灯光的耀眼，也许根本就没有多少人曾注意到你。然而在灰暗的角落里，你却永远无怨无悔，不求回报地燃烧着自己，只是为了发出一丝微弱的光和热，感染别人而升华自己。你的一生是短暂的，但你燃烧自己而照亮别人的心是永恒的，哪怕这份永恒显得那么卑微而不值得一提。

珍藏在我心底的美是红烛，华美而卑微。

落花，残阳，红烛，你们本无瓜葛，只因多情的造物主的赋予，让你们在生命的最后一刻共同迸发出无比光辉的美，值得人一生把这份美珍藏在心底！

追求？不为结果！

贺岁档大片，既有《阿凡达》的科幻巨制，也有《喜洋洋与灰太郎》的童真情趣，还有《锦衣卫》的功夫盛宴，然而愉悦身心也好，聊以自慰也好，我却选择了看似无味的《孔子》。

1.5亿的投资算是巨制，国宝级配乐师及美术设计也的确再现了一个群雄争霸、百家争鸣的动荡年代。然而一切的铺垫也好，伏笔也好，都只是为了向那个千古圣人致敬！

孔子以及他的儒学，影响了我们两千年的峥嵘岁月。但他究竟是怎样的一个人？我想，一部两小时的电影是表达不完的。而这部电影所带给我们的启示，用短短的文字也同样无法感悟全部。

一部电影，两个小时，千年回想，一生收获！

孔子，他够伟大！

他仁。这是儒家的核心思想：做人要仁，处事要仁，为官要仁。在他眼里，真的是一花一世界，一叶一菩提。也许有的生命是卑微，但卑微不是无视的理由。仁者无敌，已做到无敌。

他智。73年的光阴只是历史长河中短暂的瞬间，他智慧的光芒却照古烁今。教书育人，他满腹经纶；治理国家，他深谋远虑；沙场点兵，他又神机妙算。他是千古的圣人，千古的智者。

但这都不是他伟大的理由。他的伟大在于他毕生的追求。虽然现实永远都是那么残酷，追求了一生，只追到绝望，梦想也只能在梦中憧憬，但他从未放弃，结果已不再重要，重要的是奋斗过，此生无憾！

最终他成就了自己，也将“追求”本身上升到一种境界。

一个人的光芒终究有限，但只要奋斗过，就算没有结果，一点热也能耀出千份光！

其实，我要说的是，孔子他最终还是成功了。也许他失意在了自己的时代。但千百年后的今天，我们华夏儿女的一切都传承自孔夫子的潜移默化。

我们不是孔子，但我们可以追求。就算暂时得不到结果，但只要追求过，岁月的积淀也能让梦想结出最耀眼的果实！

总决赛：华丽与朴实的碰撞

比赛还剩下将近4分钟，替补席上：一边是科比呆坐在板凳上，表情麻木，却又略显苦涩；而另一边，“三巨头”却已经开始谈笑风生，点燃了象征总冠军的“胜利雪茄”。比分牌上，40分的分差让比赛早早失去了悬念。科比的第5次冲击总冠军只得无奈地铩羽而归，而凯尔特人则拿到了他们的第17次奥布莱恩杯……

因为哈佛与耶鲁的存在，波士顿这座写满光荣的城市显得朴实而又底蕴深厚。而它的球队也一直以朴实无华却又最为实用的防守笑傲于联盟，每支球队都会为凯尔特人恐怖的防守感到胆寒……

同样，因为好莱坞的存在，洛杉矶这座张扬开放的城市也显得华丽却浅薄轻浮。而它的球队一直以行云流水般华丽的show time震撼于联盟，每支球队都会为湖人强大的进攻感到忌惮……

时隔21年，这两支球队在总决赛中的再次相遇，注定又是一场华丽与朴实的碰撞。

这是一场看点颇多的对决。“小飞侠”12年间修得正果，拿到常规赛MVP，可谓踌躇满志，想圆一个没有奥尼尔的总冠军梦。“禅师”杰克逊也凑齐了梦幻阵容，希望一举超过凯尔特人的功勋教练——“红衣主教”奥尔巴赫的夺冠次数，跃为史上总冠军次数最多的教练。凯尔特人这边同样雄心勃勃，赛季前凑齐三巨头，就是放话要拿到总冠军，虽然一度遭受人们的质疑，但仍然取得了常规赛的最佳战绩，不过在季后赛中的跌跌撞撞还是让人疑云顿生。锋利的矛对坚硬的盾，这实在是一场令人期待的比赛。

这是一场精彩纷呈的对决。除了最后一场毫无悬念以外，其他五场全部悬念陡生，整个系列赛的关键词便是逆转。高举进攻大旗的湖人往往会在前三节建立巨大的领先优势，而坚定的凯尔特人却会在最后一节背水一战，并凭借深厚的底蕴翻盘成功，让湖人咽下失利的苦果。这导致湖人总是高开低走，而凯尔特人却出奇制胜。整个系列赛可谓精彩至极，看得我们这些球迷大呼过瘾。

这是一场耐人寻味的对决。拥有华丽进攻的湖人输给了拥有朴实防守的凯尔特人。这是否意味着纯粹的进攻已经淡出人们的视线，取而代之的应该是防守和团队至上的理念？太阳和小牛在季后赛首轮便早早夭折。东部的炮轰球队网队更是连季后赛都没进。毫不夸张地说，进攻在如今已经成为球队的毒药，近三年的总冠军，有哪支是靠进攻获胜的呢？观赏靠进攻，冠军靠防守。的确，现在很多球队已经到了改朝换代的时候。

进攻与防守，华丽与朴实，观赏与冠军。孰是孰非？在防守与团队精神背后，蕴藏的是篮球的真谛。

总想为您做一顿饭

安静的饭厅，整齐的桌椅，不大的饭桌上摆放着五颜六色的佳肴，香气四溢，看起来是那么诱人。看着丈夫和儿子都已就座，准备大快朵颐时，一位额头还沁着汗珠的中年妇女才从厨房出来，略带疲惫的脸上写满了满足……

那正是您，妈妈。

十四年的春秋寒暑，日复一日，您都是这样不辞辛劳地为我准备一餐又一餐。不是山珍海味，并非燕翅鲍参，在我眼里却是最美的佳肴，因为它融入了妈妈您的爱！

记得每一个早晨，当我还在睡梦中时，就起身为我准备早餐，让我能精力充沛地去上学。

记得每一个中午，您早早做好了丰盛的饭菜，就趴在窗台上翘首企盼我能早些回来，不要饿着。

记得每一个晚上，您都会不辞辛劳地为我营养搭配出最可口的饭菜，让我能在学习一天后得到最好的饮食补充……

一顿饭，却让我对母爱有说不完的感恩！

乌鸦尚能反哺父母，羊羔尚能跪乳谢恩，我又岂会不懂得感恩？

总想为您做一顿饭，就像您为我做的那样，也许不会那么好吃诱人，却要倾注全部的爱。

总想为您做一顿饭，就像我平常吃的那样，也许可能咸淡都未调整好，却是精心设计的营养搭配。

总想为您做一顿饭，就像梦里约定的那样，也许只是简单地解决饱腹，代表的却是内心无限的细腻关怀……

一顿饭是母爱，母爱却永远不只一顿饭！您的关怀，您的无私，您的伟大，早已让我沐浴在母爱的阳光之下！

总想为您做一顿饭，这是对您拙劣的模仿，要达到母爱的力量，永远都遥不可及。

可这颗爱您的感恩之心，却真诚永恒。

组　歌

风　赞

夕阳西下，余晖犹在，不经意间，忽然感到一丝泥土的清香抚慰脸庞……那一定是你，风。

你是最美的舞者，伴着自然的气息和韵律，你轻舞飞扬，无忧无虑；然而顷刻间，你又化作无比强大的勇士，席卷一切，所向披靡！

我知道，你是冷与热交接的结晶。这就注定了你有最温柔的一面，亦有最冷酷的一面。

你是飞舞的彩蝶，当万物陷入失落，你便会用你微薄的力量给予人们慰藉，也许只是翼下之风的清凉，却带给世界享纳不尽的如水平静。

你是漫天的风景，当万物陷入沉寂，甘于堕落，你又会用你能够横扫一切的霸气唤醒人们，这力量不是为了毁灭，而是为了更有活力的新生。

虚无中体现着强大，无情中却胜似有情。平静如水的风啊，你真乃造物主的伟大杰作。

云　颂

万里明空，炊烟袅袅，那天空中的，似是几位仙女，指点着人间俗世……那一定是你，云。

要让我说，这世间的万事万物，最有情有义的就属你。

水成就了你，你便宁可牺牲自己，也要化成雨，滋润这大地。你远离尘世，就是为了不沾染一丝污秽。而当干涸贫瘠的人世间需要你时，你又无怨无悔地奉献自己。

为了衬托晴空，你适时地将自己隐去；而为了滋润大地，你又毫无怨言地辛苦扮黑脸。

世人皆以为你软弱无力，其实你也有强大的一面。你可以以雷为锤，以电为剑，吓退世间的一切邪恶；你也可以用你庞大的身躯遮住骄横的太阳，驱散难耐的酷暑。

云啊，你来自水，有它的纯洁，有它的细腻。

而你又升华了水，因为上苍赋予了你深明大义、博济苍生的使命，也许这正是你存在的意义。

最想依靠的人是你

时常回想，是谁，用他那温厚的大手将我拥入怀中？是你，父亲。是谁，在我受欺负时用自己高大的身躯保护我？是你，父亲。又是谁，在我迷惘时指引我去做一个真正的男子汉？还是你，父亲……

没错，父亲，这个倾注了爱的伟大字眼，注定要成为儿女最温暖的依靠。

小时候，最想依靠的人是你。那时，对你更多的是崇拜，觉得你是全世界最大的英雄。一会儿，你像大力士，轻松地背起我四处玩耍；一会儿，你又像演员，童心未泯地为我扮演我喜爱的卡通角色；更多的时候，你则成了我的“御用”交通工具，我想去哪儿，你就带我去哪儿。在幼小的我看来，天底下似乎没有你办不到的事情。我依靠你这样一个帮我修好所有玩具的修理工；我依靠你这样一个能随时为我变出零食的魔术师；我依靠你这样一个帮我解答所有疑问的天才教授……真的无法想象，如果没有你的无所不能，我的童年该是多么无聊。更重要的是，你还用你那高大的身躯给了我幼小的心灵无限的安全感，让我依靠。

长大了，最想依靠的人还是你。逐渐通达事理的我对你已不再有那种崇拜的情结，然而对于你给予我的最无私的帮助和指引，我却愈发渴求。青春期的我，遇到了成长所带来的无限欢愉和烦恼。作为男孩，可能只有父亲你最理解我。我的急躁，我的执拗，我的任性，你都会原谅。你给了我更多属于自己的空间，却又没完全让我放任自流。你不断地告诉我要做一个男子汉，要学会承担更多的责任。当我在你的建议中不断成熟时，我终于明白，成长道路上的问题，没有谁比父亲更有发言权，无论光阴怎样逝去，我无时无刻不需要你的指引。

将来，最想依靠的人还是你！

人这一生，除了靠自己，同样需要依靠别人。而我最想依靠的人，就是你，我的父亲！

阳光下的含笑花

最好的报复其实是更广大的爱，使仇恨黯然失色的则是无限的宽容。

——林清玄

记得看过包利明写的《阳光下的含笑花》，讲的是一个流浪在外的人准备回家，但他只剩下半程车票钱，所以他准备坐到哪儿算哪儿。在火车上，饿极了的他忽然看到一位中年妇女的兜里露出几张百元大钞，顿时心生歹意。经过激烈的思想斗争，他将手伸向了那位妇女。可谁知，由于紧张，他竟然碰到了那位妇女的胳膊。正当他恐惧到极点时，只见那位妇女扭过头来，微笑地问："有什么事吗?"他一时惊呆，过了好久才搪塞过去。那位妇女跟他寒暄了几句，并且将手里的书送给他，接着就下车了。他翻开书一看，里面居然夹着两张50元钱。他的眼泪顿时奔涌而出。而那位妇女，又从窗外递来一束花，一束微笑着的花。

那本书的名字叫《爱的教育》，而那束花叫含笑花……

的确，宽容有时候就是最好的惩罚。严刑不一定能制止人犯错误，而宽容却能让人心服口服地认输。宽容能缩短人与人之间的距离，宽容是人类性情的空间。一个人越宽容，这个空间越广大。假如那位妇女没有给他一次机会，而是毫不留情地指出他的想法，那又岂会有阳光下含笑花的微笑?

因为有爱，所以宽容。

鲍叔牙宽容了管仲，换来了齐国的称霸诸侯；蔺相如宽容了廉颇，才有了将相和那段佳话；林肯宽容了政敌，才成就了美国历史上最伟大的总统……

宽容不仅是一种品德，更是一种哲学，一种美。

天空宽容了雷电风暴，才有了风和日丽；大海宽容了惊涛骇浪，才有了风平浪静：森林宽容了弱肉强食，才有了郁郁葱葱……

海纳百川，有容乃大。学会宽容，阳光下的含笑花才能笑得更加夺目动人。

奥运之路

“超越梦想，一起飞，你我需要真心面对……”

每当这振奋人心的歌声在耳边响起，人们总是心潮澎湃，久久不能自已。电视屏幕上火炬在传递者手中熊熊燃烧，万众仰望，而观众的心潮也在这圣火之中沸腾。人们向往着奥运，期待着奥运，热爱着奥运。

在奥运之路上虽也曾面对重重阻力，但永远不服输的中国人民都克服下来，并在奥运之路上越走越远……

零的突破

1932 年中国就派出刘长春参加奥运会，但直到 1984 年，这 52 年间，中国这个世界上人口最多的泱泱大国都还没有获得一枚金牌。然而在 1984 年 7 月 29 日，这一切都成为历史。上午 9 时，安徽选手许海峰以一环的微弱优势击败了瑞典老将斯卡纳切尔，夺得了第 23 届奥运会的第一枚金牌！这也是中国奥运史上夺得的第一枚金牌！而在这届奥运会上，中国代表团一鼓作气，拿下 15 枚金牌，位居金牌榜第四名。这次“零的突破”也让中国在奥运之路上迈出了重要的一步，甩掉了“东亚病夫”的帽子，真正傲立于世界之林！

体育强国

此后，中国军团的实力稳步上升，虽也曾遭遇 1998 年汉城滑铁卢，但实力绝对让世界不可小觑。2000 年悉尼奥运会冲入金牌榜前三甲；雅典奥运会更是勇夺 32 枚金牌，仅次于美国。乒乓球、羽毛球、跳水等都已经达到世界最高水平；射击、拳击也位于世界领先水平。同时，涌现出一批像姚明、刘翔、王浩等的优秀球员。中国军团实力可谓有目共睹，引起了世界各国的强烈关注。这让中国在奥运之路上更进一步，新秀崛起，老将不老，中国队已经在真正意义上迈入了世界体育强国的行列！

申奥成功

2011年7月13日，中国申奥成功，获得了2008年第29届奥运会的主办权，届时，全世界的目光都将汇聚北京。从参加奥运会，到零的突破，再到申奥成功，中国人的奥运之路可谓实现了质的飞跃。当然，为了迎接这次举世瞩目的盛会，中国人民一直都在如火如荼地准备着："福娃"、"祥云"横空出世，"鸟巢"、"水立方"拔地而起，一切都在紧张而有序地进行。我们相信，北京奥运会将是历史上最成功的奥运会。申奥成功，必将会让中国人在奥运之路上越走越远，越走越好……

"有目标就不累，等着我超越……"在这条写满光荣的奥运之路上，让我们继续追梦！

神圣的奥林匹克

“不论民族的界限，不论肤色的深浅，在奥林匹克的阳光下，我们携手向前……”每当这熟悉的歌词在耳边响起，我就想起了它——奥林匹克。

奥林匹克是神圣的，更是神奇的，它能化战争为和平，化冲突为理解，化矛盾为和谐。和平鸽展翅飞翔，圣火熊熊燃烧，五环旗迎风招展，运动员纵情驰骋……全部殊途同归地构成了它——神圣的奥林匹克！

它2000多年的历史，给我们留下了太多神圣的篇章，太多宝贵的精神财富。

奥运传递友谊

奥林匹克不仅是一种比赛，更是在传递友谊。而正是友谊，才为奥运会营造了和谐共融的氛围。1932年第10届奥运会的5000米决赛上，芬兰选手莱赫蒂宁与美国“黑马”希尔一马当先。在冲刺阶段，稍稍落后的希尔准备超越莱赫蒂宁，而莱赫蒂宁也准备给他让道，却正好将他挡住。他们就这样你让我让，最终希尔还是没有超过莱赫蒂宁，莱赫蒂宁获得了金牌。面对这种戏剧性的场面，裁判们也无法判定莱赫蒂宁是不是故意挡道，他们就去询问希尔。而希尔肯定地说不是，为莱赫蒂宁辩护。裁判最后裁定：莱赫蒂宁获得冠军。全场观众顿时爆发出无比热烈的掌声，这掌声是给希尔的，是他用实际行动诠释了友谊比金牌更重要！

奥运传递了友谊，友谊也神圣了奥运。

奥运体现平等

奥林匹克同样也体现了平等。在五环旗下，没有种族歧视，任何人都可以在这个舞台上平等竞争。1936 年德国举办奥运会，当时正处在第二次世界大战期间，以希特勒为首的德国纳粹疯狂地宣扬日耳曼、雅利安族为优等种族，极力贬低黑色人种。然而在这届奥运会上，黑皮肤的杰西·欧文斯让世界体坛震惊了，他共获得了 100 米、200 米、跳远和 4 ×100 米接力四项比赛冠军，气得希特勒拒绝出席颁奖，直接离开了看台。然而台下的所有德国观众却都为欧文斯震撼了，爆发出热烈的掌声。这届奥运会也被称为杰西奥运会，他用金牌强烈痛击了种族歧视！

奥运体现了平等，平等也神圣了奥运。

奥运崇尚拼搏

正如“更高，更快，更强”的奥运口号，奥运精神就是一种顽强的拼搏精神。在 2006 年都灵冬奥会自由滑比赛中，中国选手张丹、张昊最后一个出场，伴随着熟悉的《龙的传人》的旋律，他们开始向金牌发起攻击，但意外在几十秒后发生了。由于后内四周跳的动作失误，张丹腿部肌肉拉伤，当大家都以为这个未满 21 岁的小姑娘会退出比赛时，这个倔强的姑娘却坚决不愿退出比赛，她的话语很朴实：“冬奥会四年才一次，参加一次不容易，我一定要坚持完比赛。”最终，他们凭借坚强的意志和拼搏精神拿到了一枚宝贵的银牌，这也是中国历届冬奥会中双人滑的最好成绩，同时他们也得到了全场观众最真诚的掌声，正向他们的曲目名称一样，龙的传人傲立世界！

奥运崇尚拼搏，拼搏也神圣了奥运。

“超越梦想一起飞，你我需要真心面对……”这就是奥林匹克的力量！

陋室铭

子曰：君子之室，何陋之有？吾之卧房并不华焉，一桌、一椅、一床、一书柜而已。但因书之存在，而增几分庄重、灵秀之气。

书，汲万物之本源，知识之大成。有知者，乃成才。无书而无知，愚者也。予常读书，自认为：读史使人智，读诗使人灵，数学使人密，科学使人明，伦理使人雅，逻辑使人真。凡有所读，皆成性格。予卧房而读书，汲学其中，无电视之扰心，无电脑之劳神。书香之气，四溢吾屋，快哉！

所谓室之陋，若观其外表，则难以真视。有内涵者，方为室中之佳者。书恰为室增内涵呼！有书之室，则底蕴深厚。无书之室，则浅薄轻浮。乃曰：有书之“陋室”甚超于无书之“华室”。

以史为鉴，不难觅“陋室”也。孔明之茅庐，子云之秀亭，梦得之陋室，皆为陋室焉！而其主却因博之而名天下。

问所从因，答曰：其书呼！

石壕吏（续）

妇与壮丁旁，皆跟两吏后。夜别石壕村，星夜赶路走。老妪力已衰，难于行长路。落于壮丁后，吏怒一再催。见妇苦呻吟，用鞭抽而推。芸芸众生命，视若如蝼蚁。

朝至河阳郡，便为军备炊。兵将何其多，备炊何其累。老妪力更竭，却难违所为。军令重如山，抗者犯军规。从此日复日，皆为妇备炊。妇虽忍其苦，却难掩其悲。

一日大战至，整军而待发。妇进十二营，忽见大小儿。子闻母入军，皆涕泪满裳。母子齐三人，环抱悲痛哭。军号已吹响，子挥泪别母。行军路虽短，大战数月归。此役何其惨，葬无数忠烈。兵士五千人，唯余百人归。双儿皆战死，三子俱阵亡。妇悲葬三儿，亦无老翁讯。日日伴战火，面目如死灰。

行军十二年，终及得胜归。妇身获自由，复返石壕村。老翁已先逝，儿媳亦改嫁。唯余妇一人，尚无定居所。

天明心却暗，水清人却浊。疾苦满世道，百姓何所归？

有这样一种声音

沧海横流，方显英雄本色。在浩荡的历史长河中，有人随波逐流，有人逆来顺受，但也有这样一种声音，经历千百年的岁月风化，依然是那么扣人心弦。

一

波涛滚滚，汨罗江边，奔腾不息的江水奏响的是亡国之音。一位披头散发的老人坚定地伫立在那里。那正是你——屈原。奸佞当道，皇帝昏庸，战火连天，内忧外患，表面强大的楚国早已不堪一击。然而一心报国的你却报国无门，空有一身才华却无以施展。只可怜你一腔热忱，也只能化作“众人皆醉我独醒”的哀叹。而你“路漫漫其修远兮，吾将上下而求索”的雄心壮志，最后却灰飞烟灭，化作一声叹息。

虽报国无门，但这样一种声音永不褪色！

二

歌舞升平，金銮殿上，穷奢极华的笙箫正谱写着奢靡之调。一位举杯斗酒、吟诗百篇的浪子斜倚在文武百官之间。那正是你——李白。外表的洒脱掩盖不了你内心的落寞孤寂，在乌烟瘴气的朝廷，你才华横溢，却永远得不到重用。壮志难酬的你只能寄情山水，借酒消愁。而你那“乘风破浪会有时，直挂云帆济沧海”的豪情壮志，在这个注定让你生不逢时的朝代，也只能让人唏嘘不已。

虽壮志难酬，但这样一种声音永垂不朽！

历史的长河还在继续，虽不会为某一个人而改变，但这样一种声音在时间的风化中永不褪色，永垂不朽！

迟到的奇迹

90分钟的时间已经结束，补时甚至都已过了一半，美国与阿尔及利亚的比分仍然停留在2:2。看台上的美国球迷甚至都没有力气和心思站起来助威了，而赛前还谈笑风生的克林顿更是自顾自地啃起了指甲。此时的出线形势已经明了，美国队唯有胜利才有可能出线，然而时间已所剩无几。

美国队需要奇迹！

时间继续一分一秒地流逝着，当邓普西的劲射又一次被门将神勇扑出时，从球迷到教练到球员，或许都已准备咽下失利的苦果。然而就在这时，刹那间，一个白色的身影从斜刺里杀出，以一记最简单的补射将球踢入网窝！

90分钟的死亡游戏以一记最令人窒息的绝杀画上了完美句号！多诺万，进球英雄的名字响彻比勒托利亚球场的上空。

没错，这就是美国式的奇迹。

其实，它本可以来得更早一些。在上一场对阵斯洛文尼亚的比赛中，他们就打进了一粒补时的绝杀，但当时被裁判的误判抹杀。而这场比赛的上半场，美国同样有一记漂亮的进球被判为越位，运气似乎永远都不愿意站在美国队这边。但即使如此，他们也从未放弃，满场地飞奔，积极地拼抢，疯狂地射门，美国人要将悬念留到最后一刻。面对这样一支充满斗志与韧性的球队，奇迹最终也选择了降临，哪怕是迟到的。

在足球史上，也许美国队从来就不是世界级强队，也许美国队没有一个人能称得上巨星，也许美国的打法毫无亮点可言。然而高度在奋起面前降低，差距在努力面前缩短，在强大无比的斗志下，任何弱点都不是问题！这支坚韧的美国队，绝对配得上所有人的尊重！

犹记去年同样在南非的联合会杯，美国就是一支创造奇迹的球队。小组赛末轮需净胜三分才能出线，他们做到了；半决赛需迈过强大的西班牙才能晋级，他们做到了；哪怕最后不敌疯狂的五星巴西，他们也绝对为自己贴上了坚持到底的标签！

这样的精神，谁敢小觑？

如今，美国已经以小组第一的身份晋级。没有什么压力的他们只需继续责无旁贷地战斗。也许，奇迹仍会继续上演……

说了再见

七月，是毕业季。

领毕业证的那天，我记得是一个晴朗的日子。午后温暖的阳光还慵懒地洒下一丝温暖，然而我的心却有种说不出的怅然寥落。

独自行走在曾快步走过三年的碎石小路上，街边泛黄的店面招牌和盘曲的老树都仿佛是相熟已久的老友。记得原来都是在天微微亮又或是灯火通明时疾步赶路，像这样悠悠地漫步，印象中还是第一次。

经过沿街最后一家生意火爆的小面馆，便回到了再熟悉不过的校园，那个我曾经学习、生活、奋斗过三年的地方。看着进进出出的一张张或熟悉或陌生的面孔，我竟毫无一种温馨的归属感。还在幻想和谁道一声珍重，说一句分别，不安的等待中，我百无聊赖地走进了教学楼。人很多，黑压压的一片，有排队拿毕业证的，有聊天叙旧的，也有咨询怎样填志愿的。碰到了许多同班同学和关系很铁的校友，互相之间，却也只是喊了声名字，甚至只是一个礼貌性的微笑。同窗三载积淀下来的深厚友情，最后剩下的居然是无语。

我小心翼翼地挤进办公室，那个原来只有在被老师找去谈话时才不情愿去的地方。遇上教了我三年的恩师，又只是一句简单的寒暄，便拿走了属于自己的毕业证，然后出门走人。一切都是静悄悄的，静得我仿佛不曾来过。

孤单地走出校园，盯着手中红得有些刺眼的本子。不情愿地发现，我就这样毕业了，没有温馨的毕业典礼，没有与同学把酒言欢，寂寞无声中，我就悄然地变成了这里的路人。

回头最后望一眼那“属于过去”的校园，视线竟变得有些模糊，忽然明白，人生也许就是这样，淡淡地来，淡淡地去，只是那些我们最在乎的青春记忆，已恍如隔世……

“心碎了一地捡不回从前的心跳，身隐过去我无力逃跑。说再见，才发现再也见不到……”

高中篇

票房与情怀

——《一九四二》小结

贺岁喜剧片《泰囧》在如砍瓜切菜般掠下12亿票房骇人成绩，一举打破华语片纪录的同时，也让贺岁喜剧片之父冯小刚躺了枪。被别人用自己最擅长的方式虐了个底朝天，冯导自然脸上无光，豪言赌上自己导演生涯积攒所有人品捧上的《一九四二》，变成了票房恶战中的牺牲品，奥斯卡影帝加盟，巨额投资，数年筹备，华谊鼎力支持，最终不到四亿的成绩确实有些拿不出手，当初的一意孤行更凸显了如今一败涂地的光景凄惨。

然而，冯导真的赌输了吗？《一九四二》真的输了吗？我看倒也不尽然。

不可否认，在当今如此火爆的电影市场大背景下，这样的票房成绩不可不谓滑铁卢。然而细想兵败确乎事出有因。如此沉重的题材在贺岁档这个节点上映，先天就输给了老少皆宜、轻松幽默的《泰囧》、《十二生肖》，再加上年代的特殊和久远，都让老少观众缺少了一层重温的违和感。其实说来票房固然是衡量电影质量的一个标杆，但也绝不是全部。在电影产业已发达、成熟至极盛的北美市场，文艺片、小众片尚且不能征服票房，更何况观众口味还偏好巨星、动作、场面的新兴中国大陆市场呢。票房之殇，《一九四二》确有冤情。

回到电影本身，确实可以看到冯导的诚意。相对于顾长卫、张艺谋这些已荣冠大师之名的导演，“商业片之王”对于冯小刚既是光环，也是桎梏。早已和华谊赚得盆满钵满的他绝不再满足于票房的盈亏，转而苛求于大师的名头和艺术的造诣。《一九四二》即是应时而生的情怀之作。

从《集结号》尝试对战争场面的刻画还原，《唐山大地震》对灾难来临前的人性揣摩。一切的一切，确实如他所说是在为这样一部透着历史底蕴，反应民族灾难的《一九四二》做着铺垫。冯导倾尽其讲故事的本领用146分钟的充足片长把观众带回了70年前，带到了那个发生了吃的问题的河南。叙事应该是冯导的强项，但这种厚重又有悲剧色彩的历史题材，确实也有些略感吃力，他选择了一种并不讨巧的直接宏观切入方式，将影片沿四条线展开，以东家为代表的灾民逃难，蒋介石政府内忧外患焦头烂额之下的不作为，以白修德记者为代表外界势力的观察与介入，还有并不突出表现的宗教的悲悯与矛盾。四条线交错展开，有对比，但并不强调突出。归根结底，四种势力都努力试图帮灾民摆脱灾难，虽然程度不同，但最终都是彻彻底底的悲剧，突出一种深深的绝望感，压抑气氛空前。

很欣慰，电影并没有将焦点人物脸谱化，委员长想念北伐，不救灾确实有难处，命中注定他不是救中国于水火的那个人，天灾人祸，亡国之危，国民政府实难抵御，委员长实难作为。而影片中范伟饰演的厨子，从灾区法院庭长沦为汉奸，虽不苟且却也可以理解，日军军官一针见血“他们是中国人，但首先，他们是人”，所以说来说去，影片并未将矛头对准一个灾难的埋单者，或者说编剧、导演并不认为有哪方面势力是罪魁祸首。这场灾难，是民族的悲剧，但归根究底，也是人作为一种动物本身的悲剧。吃，是一种基础需要，也可以说是基本欲望，这种欲求都满足不了，人性再去怎样的扭曲都变得顺理成章。而人类一直引以为傲的文明、科学、艺术、成就、道德价值观，亦全部是建立在这一层基础之上的。

很厌恶这样一种论调，批判冯小刚《唐山大地震》也好，《一九四二》也好，总喜好发国难财，赚眼泪，赚票房，更质疑其拍这种片并无多少反思价值。但我想说的是，电影本身绝对有其意义和价值，历史并不是一定要给今天的建设和谐社会、祖国花朵健康成长提供积极意义才叫有价值，敢于去正视它，思考它，这就是价值。那些电影还未看就随意乱放炮的闲人们倒莫如去喷刘震云为什么要写《温故一九四二》这部小说！

诚然，《一九四二》确实有许多缺陷和不足。选择了很难驾驭的大处着笔，影片无非只是还原了一个惨到更惨的过程，而或多或少缺少了一种高潮的打动与升华。而人物的刻画上只能说有特点但不鲜明，有代表性却缺失根本的感染力。讲好故事的同时却忽略了史实的总结和思考，部分情节设置略显做作和生硬，实有遗憾。

总而言之，《一九四二》是冯导一次对自我的挑战与改变，虽不能说非常成功，但我还是要为其喝彩和鼓掌。华语电影市场需要《泰囧》这样让观众开怀一笑的喜剧片，但同样，我们更需要有电影让我们静下心来去回望历史，思考过去。能够放弃自己擅长的题材去追求电影人的情怀本身就勇气可嘉。作为中国最成功的商业导演，冯导的这次主动转型对于中国电影的未来绝对有着积极的意义，实难可贵。

不要忘了，电影不仅仅是娱乐人的工具，更是人类文明的结晶与体现。

去电影院，我们除了追求一笑，是不是还应该思考点什么？

坐看云起

闲看庭前花开花落，漫随天外云卷云舒。

深深仰慕两个人，900 年前的苏轼，90 年前的徐志摩。很难想象，在最世俗最乡愿的中国，居然能诞生出这么两个仙风道骨的人。亦人亦仙，着实难辨。似乎一切尘世的痛苦都与他们无关，潇洒地来，潇洒地去，只留下目瞪口呆的世人。

我着实想不明白。他们没有痛苦吗？不，他们经历过最刻骨铭心的痛苦，却淡然转身，稳步前行。而很明显，他们的随性快乐又不同于泰戈尔所说“只有流过血的手指才能弹出世间的绝唱，只有经历过地狱才能拥有创造天堂的力量”的从苦痛中磨砺；更异于陶渊明“采菊东篱下，悠然见南山”的那种纯粹的消极避世；而完全是一种超脱，一种拿得起放得下的洒脱超然。

我渐渐有些明白，我之所以诧异，正是我对这种人活法的一种难以置信。这是最好的时代，也是最坏的时代。已没有什么东西让我拿得起放得下，我习惯了患得患失，总喜欢在做事前问为什么，如果没有理由就全然放在一边。可以在自己的痛苦、快乐中迷失很久，太多太多的人和事总是让自己放不开。更奇异而可怕的是，这不只是我，而是我所见、所想、所知的所有人！

恍惚中，我忽而感到，仙风道骨的东坡，一身诗意的志摩，从我的眼前飘过。在他们身后，一切都是淡淡的，一切都是过眼烟云。我分明能感受到，那不是一种复仇似的蓄势等待，更不是一种消极的逃避现实，而是一种最自然的存在、活着，痛苦是短暂的，快乐是短暂的，只有豁达是永恒的，随性是永恒的。看透一切，即得永生。

但，东坡之后，再无东坡，志摩之后，再无志摩。我们还是我们，一群以物喜以己悲的小人物，只是我们应该思索点什么，感悟到什么。人生本没有那么多要达到的目的，那么多患得患失的理由。犹记得记者采访第一个登上珠峰的人："为什么你要征服珠峰?""因为它就在那儿。"

对，因为它就在那儿。

人生，也就在那儿。既然选择了活，就应该淡然处世，世界上一定有我们改变不了的痛苦与快乐，就请在行到水穷时，坐看云起。

有你在，灯亮着

写下标题，首先想到的即是鲁迅先生。

人类历史，其实并无多少人，多少物堪称指路之明灯，照亮人性中的黑暗。这至高无上的称谓，巴金、冰心之辈显然是不能够的。尧棠先生的文字虽有反省、思悔之意，却终究拘泥于多重因素限制而点到即止，流于形式。冰心女士所谓的诗化散文风格就更是只可以评读，配不上指路之灯。想若华语文坛仅被冰心、徐志摩等空有诗意、却无思考的灯引路照亮，岂非我华夏数万万有志有识之士之悲哀?!

想来唯有鲁迅，方才确乎配得上这一殊荣。

论学术成就，就单凭一本薄薄的《中国小说史略》，你便让林语堂、郭沫若等人统统靠边站；而论文学造诣，你又揣着小册子般的《呐喊》、《彷徨》傲然踏进世界小说巨匠之列。

名起文坛，影响却早已超越了文学的范畴，说来你也是生太逢时，时势造出了你这个化笔墨为刀枪的英雄。你精准地操纵着手术刀冷酷而嗜血地解剖你的时代，又高举烛火让一幕幕血淋淋的暗面公然于世。我不知道你是否有驱散黑暗的力量，但我分明能感觉到，那略带刺眼的光亮，早已穿越时空的界限，照亮我眼前。

你没有选择当医生照亮病人的身体，却用你一生的心血照亮一个民族的灵魂。

世人说你病态，永远横眉怒对，冷眼观世。但我要说这恰恰是你超出一个文人本身的责任与情怀。中国文人，也许并不缺少直面惨淡人生的勇气，但试问又有多少真的猛士敢于正视淋漓的鲜血？谁敢操起文字之刀大胆挥向心中的罪恶呢?!

这里，往往是一片寂静。

可笑而可悲的是，不管你的文章从教科书中被删改了多少篇，不论你晦涩的文字被多少当代中学生骂骂咧咧地记诵着，你曾经揭开的疤、曾经剖析的痛仍在这个“最好的年代”放纵而荒唐地继续。天堂里看着更庞大的人流更麻木、更无意识地浸淫在自己的小情绪中，热烈地追求肤浅的文学，偶尔热血上涌喷勃起荒腔走板的爱国主义时，先生你是否又会有一丝心痛掠过，还是亦已麻木不仁呢?

悲哉唯剩鲁迅，一个人单挑漫漫长夜。

幸哉至少还有鲁迅，你的文字从未离开我们，剑锋所指，便又是一道闪光。

有你在，我们还未迷茫。

谈谈梦想

对于高中，还没分清自己是盼望还是抵触，纠结中，我就已“被进入”。

关于高中的传说，听了不少。高中生活，有人说就是一本青春小说，张扬而朦胧；也有人说是一部恐怖惊悚的作品，难熬而痛苦；而对有些人来说，它就跟一本字典差不多，没什么意思，但都得经历……用官方的语调说，高中是培养人生观和世界观、树立梦想的地方。

说实在的，人生观、世界观都太虚，我分不清，也搞不懂。梦想好像和我还比较熟，从小就被问：“小朋友，你长大了干什么呀?”这也算是和梦想打过交道吧。关于什么梦想、理想、幻想、空想、痴想，一路走来，没少想，也没少写。但如今，从我有了高中生这个名头起，这些词似乎自然就被提到议事日程上来了。

什么是梦想？它和理想、幻想有什么不同？造字的人为什么非闲得造这么个词呢？我觉得关键在于“梦”这个字。一看字面就知道，理想，肯定是要理性的，就像老师和家长们常说的：目标不能太高，也不能太低，要切合实际，似乎制订它就是为了实现的。而幻想，显然不是以现实为依托的，可以乱想、瞎想，就像打个喷嚏一般，没有结果，也不需要结果，谁会在乎呢？而梦想就不同，它可大可小，可以伟大，可以卑微，可以不切实际，可以简简单单。一句话，它不受约束，是心的声音，就像做梦一样，永远与现实有着千丝万缕的联系，但又给你无限的自由，让你不受约束地去创造，去发挥。所以，我总觉得，梦想应该是美好的，是心的向往的代名词。梦想，其实很近。

我很反感这样一种论调：年轻人总会冲动，理想化，他们幼稚的梦想是建立在涉世未深的基础上，没经历大风大浪，总显得那么不成熟。我也无数次受到这句句在理的箴言的“忠告”。似乎过来人就是不断地想让我们意识到那些美好的梦想还是尽快掐灭好，现实的残酷会证明你是天真的。做个平凡人，走大众路，实现小家即是主道。一次次麻木的洗脑间，我有了这样一种错觉，我眼前的世界，知青越来越多，愤青越来越少；现实派越来越多，逐梦者越来越少；“脚踏实地”的人越来越多，仰望星空的人越来越少。再没有人会喊出“国家者，我们的国家；社会者，我们的社会”这样的狂语，再没有人“迂腐”到去做“为中华之崛起而读书”的典范。只是我觉得，圆滑世故应该不是一个好词，既然岁月会磨去我们的棱角，那青葱岁月时就自断棱角的我们不是会变得更圆滑吗？在学会现实的阶段我发现，梦想还很遥远。

谈了这么久梦想，却还没理清有关自己梦想的头绪，也许我只是想说：梦想，是自由的；年轻的心，亦是自由的。当两种自由的东西结合到一起的时候，一定会有不一样的力量产生。没有人想沿着老路，用别人的经验活着。这不是叛逆，更不是刻意的标新立异，只是在我眼里，每个人都应该有属于自己的方式，属于自己的路。

所以，我要任自己的梦想高飞，不管岁月会不会磨平我的棱角：我想说的是，简单，并不代表幼稚；单纯，并不代表天真；有时候，梦想就是梦想本身，就是年轻，就是青春无悔的心，我只是想还原它……

眼　神

正值初秋，伴着连绵的阴雨，迎来了我的高中生活。这是一个在心里假设过千万次却又没有一个整体感知的未知之地。新的老师，新的同学，新的旅程，新的梦想。懵懂中，我已然上路。

第一个七天是飞快的，还在迷惘与好奇，就迎来了周末。发生了太多太多的事，都悄然在我心中留下记忆。然而再多的难忘也敌不过那个眼神。

眼神，母亲的眼神。

早晨，天还淅淅沥沥下着细雨，走到楼下，回头一瞥，便望见阳台上母亲凝望的眼神，似乎有一丝不舍与担忧，但更多的是鼓励与希冀。

晚饭，狼吞虎咽着妈妈做的可口饭菜，不经意地一抬头，看到的仍是妈妈那专心看着我的眼神。那眼神中有自豪，更饱含欣慰。

夜晚，月明星稀，我下了晚自习大步走出校门时，抬头才蓦地发现，妈妈那焦急等待的眼神竟一下舒展开来，喜从心生。

……

只是一个眼神，感动的暖流便涌遍我全身。思绪在脑海中不停环绕，为了方便我在这里上学，妈妈抛开了自己的事业，离开了繁华的市中心，到学校附近租房子专心照料我走读，每天六点不到就要为我准备早餐，夜里更是要等到万籁俱寂才能等到我回家……一切的一切，分明都凝结在妈妈的眼神里！

爱，已无须我苍白的赘述。

雨夜，躺在床上，望着天花板，细数着自己的梦想与责任，承载着这份爱，我想我已知道该怎样走下去。

结语 2010

2010，结束了?!

转眼，2011 年的日历已翻开了两页，真有些不敢相信，2010 年竟已成为昨天。合上眼，仔细回想刚刚过去的这很漫长又似乎很短暂的一年，轻轻俯下身，去捡拾那记忆的碎片。

实在回忆不起 2010 是以一个怎样的故事拉开序幕的，只记得年初月考惨痛失利后的绝望与无助；只记得过年时望着满天烟火却更加寂寞；只记得初三最后冲刺时的痛苦与快乐；只记得中考最后考完英语后狂奔回家观看总决赛时的兴奋与激动；只记得毕业季与同窗三年好友分别时的一丝不舍与悲伤；只记得世界另一个半球的一场足球盛宴带来的狂热与激情；只记得百年世博所展现的整个国家民族的骄傲与自豪；只记得炎炎烈日下学前军训的辛苦与汗水；只记得高中开学第一天的拘束与不安；只记得与新集体新同学的熟识与打成一片；只记得……

2010，着实给力。

如果 2010 于我而言是一首诗，那我想它应该是分两个篇章进行的。

属于初三的关键词无疑是奋斗与别离。伴随着教室里中考倒计时牌上的数字一天天减少，我们的整个初中生活只剩下最后一段日子。中考如一块挥之不去的阴影压抑在每个人的心头，所有人都开始做最后的冲刺。现在回望这段岁月，却已忆不起当时怎样拼命与努力，好像只是浑浑噩噩地度日，人生中第一次洗礼便淡淡收场。然而毕业所意味的分别却真正让人难以释怀，一起学习、生活、奋斗了三年的同窗知己转眼便要各奔东西。没有毕业晚会，没有把酒言欢，甚至匆忙的同学录还都是一纸苍白，就说了再见。尽管真的舍不得，但 2010，初中生活已永远成为历史。

而高一带给我的，无疑是成长与变化。初上高中，一切都是新的。新的老师，新的同学，新的奋斗，新的旅程。运动会，工业游，文艺节，尽管只是短短的四个月，我却已深深感受到高中生活的丰富多彩，也与新的同学建立了深厚的友谊，虽然很忙碌，却非常充实。尽管也许现在的我还未完全褪去青涩，但我已决心走向成熟。谁都明白，这三年，对我，对我们来说，意味着什么。15岁的我肩上更有着一份年轻的责任。不管适应与否，2010，我的高中生活已拉开序幕。

就这样，过幻灯片一样回首过去这一年，昨天的一切似乎还都历历在目。2010，无论对于我，还是对于所有人，都有着深刻的意义，难忘海地、智利惨痛的地震，难忘振奋人心的足坛打黑，难忘冰上传奇的温哥华冬奥，难忘神奇的章鱼哥，难忘科比的第五冠，难忘给力的日和漫画，难忘飞天的嫦娥二号，难忘举世瞩目的世博，难忘凋零的玫瑰、没落的女排，难忘重振雄风的“梦九”，难忘悲情的姚易，那震撼亚洲的“199金”，难忘惊叹世界的华语电影市场，难忘驾鹤西去的萨翁，难忘呱呱坠地的姚家千金，难忘“蒜你狠”、“豆你玩”，难忘“神马”都是浮云……

尽管也许还有太多太多的缺憾，但谁也不能否认，2010，真的精彩！

断了的弦

墙角的那把吉他孤单地在那里闲置很久了。若不是在翻找教辅、题集时不经意的一瞥，我似乎已完全忘了它的存在。

一股奇怪的、不合时宜的力量驱使我走向那把吉他，拿起它。

“哎哟!”我被扬起的尘土呛了一口，它比我想象的还要脏。我随手拿一块抹布将琴身擦了一遍，那些积满灰尘的死角就任由那样了。抱着吉他，我决定演奏一曲。

这个看似简单的任务，困难程度却超出了我的想象。我用蹩脚的手型艰难寻找着陌生的品位，半天才用手指拨出一个微弱的音符，断断续续地弹着那首经典的练习曲。记得在并不遥远的从前，我还可以用华丽的指法熟练地演奏它，可如今……我无奈地看着自己的双手，终于明白，这已不是一双弹琴的手。这是一双转着笔演算数理化习题的手，这是一双深夜时还敲击着电脑键盘的手。

但我并不打算就此停手。拿起拨片，我决定找找扫弦的感觉。然而很快我便意识到，那小小的拨片今天也是如此的任性不听使唤。来回拨动得到的不是动人的旋律和起伏的节奏，而是蹂躏耳朵般癫狂的噪音。我有些气恼，加大了拨动的力度，发出的声音却依然与我的期望背道而驰。我赌气似的更加用力了。

“啪!”我的心头一震，最倒霉的事情还是发生了，弦断了。

我咒骂着吉他质量的劣等，却也无可奈何，只得作罢。刚弹两下就断了，实在是不解我把玩她的风情。可当我看到满桌堆满的作业和下周考试日程表时，方才意识到，我居然花了这么多时间玩物丧志，作业写不完，一大堆还没复习好的考试正在逼近。

还好弦断了。

深夜，隐隐约约地传来弹琴的声音，却又是在“啪”的一声中终止，但断的好像不是琴弦，而是我的心弦……

致我生命中最重要的男人

您还记得吗?

我小时候在水库边玩耍嬉戏，淘气的我一个趔趄，眼看要栽进水里，一双温厚而有力的大手及时将我拉住，那是爸爸您。您紧紧地抱住我，温暖流遍我全身。那一年，我五岁，您三十岁。您好像动画片里的超人一样勇猛。

您为我买来昂贵的遥控直升飞机模型，笨手笨脚的我第一次玩就跌断了它的翅膀，您又好气又好笑地将翅膀粘好，并俯身耐心地给我讲解飞行的原理。那一年，我十岁，您三十五岁。您好像科学家一般博学。

年岁渐长，懵懂的我开始对社会万象感到质疑和不平，对国际风云变化感到新奇却又迷茫。地铁站旁，公交车上，您不放弃任何一个机会跟我畅聊您的见解和思考。那一年，我十五岁，您四十岁。您如同军事家一般高瞻远瞩。

我知道您一定记得比我还清楚，因为凡是有关儿子的点点滴滴，您都会永远熟烂于心。

如今，您已经四十好几，绝无老态，但日渐增多的白发暴露了岁月在您这个坚强男人身上留下的痕迹，为这个家，您无怨无悔地付出了太多太多。儿子我今年也到了十七岁的大好年华，初谙世事，踌躇满志。也许您没有高大帅气的外表遗传给我，也没有锦衣玉食的富足生活提供给我，甚至由于工作的原因，陪在我身边的时间都不算太长。但是，爱有时并不需要惊天动地，爱可能只需要平平凡凡，您给我的一切，已让我感到受宠若惊，我都懂，那是只属于一个钢一般的男人的铁汉柔情。父亲，您为我做了太多，给予了我太多，如果一定要问为什么，我知道，唯一的原因就是爱。我们会为一场球赛而欢呼雀跃，热血沸腾；我们也会为我阶段性的成绩下降而叹息着急；我们还会为一盘棋的输赢而争得面红耳赤……一切的一切，都是只属于两个男人之间心照不宣的亲情往事。爱让人忘乎所以，而爱更让我们的生活充满人性的温情。

有人说，儿子总是最希望像父亲的，这话说得没错。老爸您知道吗？儿子最崇拜的人就是您。我感谢您为我做的一切，我想报答您，而我更想成为一个像您一样的男人，一个严谨细致、体贴顾家而又充满责任感的男子汉。我开始喜欢穿您的衣服，模仿您的动作和手势，因为有一天，我要成为像您一样顶天立地的男子汉。

母爱似海，父爱如山。妈妈的爱炽烈而直接，我还可以像小孩子一样抱住妈妈说出我爱您。而父亲您的爱永远深沉含蓄，我知道，这也是男人之间的默契。但今天，我还是想破例一回，不再故作深沉：感谢您给我的光荣，我要对您深深地鞠躬。

碎感絮语

笔在空中悬了许久，竟不知该写下些什么。

不是无话可说，而是似乎太多凌乱、纠结的情绪郁结在胸中，却不知道该怎样用理性的文字来表达。

我厌恶那种做作的无病呻吟，更不喜欢无聊地乱发感慨。而独自在桌案前发呆乱想时，却又忍不住用这样的方式排遣寂寞。

印象中，高中三年应该是特别的，青春年少赋予了它一层别样的意义，而三年后炎炎烈日下那场“壮怀激烈”的成人礼般的国考，又注定给它注入了一种战斗的意味。风华正茂的三年，如同人生中可遇而不可再求的宝贵时光。然而转念一想，却又觉得这更像是我们自己的无端幻想。三年宝贵？人生中的哪个三年又不宝贵？青春特别，这样的特别谁没有经历过？又有谁用它绘出了多么不一样的五彩画卷？这三年更像是一条被安排好路线的旅程，我们有走的权利，却无法沿着自己心的方向。

回想过去，后初三时代，用一个浑浑噩噩的暑假过渡到忙碌的高一，还未找到一个自我的位置，却又急匆匆投入到新的行程中。人生仿佛沦为一场赶集。一颗心还总喜欢怀念过去的种种朦胧美好，还放不下过去的点点滴滴。对于未来，我的心还是一片茫然，除了升学的压力，我不知道该何去何从，方向这个词在自己的字典里已许久不被翻动。

而那种有关童年的梦想，所谓实现自己人生价值的雄心，也许都会在不远的某一天消散殆尽。只是不知道我们还能将那种率性的真我保持多久，可能青春本身就是一场回归现实的华丽骗局。

呵，有时笑自己真是个市井小人物，总会纠结于世俗的琐碎，将自己若有若无的感觉无限放大，却做不到洒脱地放下一切。

唉，也许这就是青春。我们烦恼的，正是我们不知在为何而烦恼，我们焦虑的，正是我们为没有什么可焦虑的而焦虑。

45度角埋下自己的头，那些所谓明媚之中的小小一片忧伤，我先不去理会。

丧钟为谁而鸣

“五道杠少年”黄艺博掀起的波澜过去倒也有些时日，现在再来评述颇有些后知后觉的意味。然而这件让人争论不已的曝光事件，在高中生眼中，终归是与成人世界的看法有些不同的。

第一眼看到五道杠少年横空出世，惊奇绝对大于厌恶和反感。天底下竟然还有这样的成长方式?！看着报纸上黄艺博稚嫩却带着老成世故的表情，总是能读出几分搞笑的味道。“终极五道杠，霸气外露，晃瞎你的双眼……”如此等等。这样的“奇男子”，在互联网如此蔓延的今天，想不红的确是件难事。

然而自被关注那一刻起，他就已注定是出悲剧，互联网上层出不穷的批判与嘲讽铺天盖地，有的评论他可能根本都无法看懂。那张尤为刺眼的倒着批阅文件的照片，更成了网民们口诛笔伐的对象，时刻不离鲜艳的红领巾，时刻不离鲜红的五道杠，13 岁的黄艺博的确已显出超越年龄的成熟世故，官相毕露。

当然，批判的对象其实又不是黄艺博本身。他应该更像是某些社会元素的产物，或者说是某些成人政治的低龄化折射。我们的批判可能更多地来自一种同情与保护，不希望成人世界的东西那样早地腐蚀、毒害少年。我们似乎是站在一个道义的制高点要去拯救黄艺博于水深火热。

不过，值得思考的是，在这个如此娱乐化、多元化的时代，我们能够接受各种各样、五花八门的“重口味”人物，为何对于黄艺博，却是一边倒的争议和批判？为何周恩来少年时代发出“为中华之崛起而读书”会受到万千传颂，黄艺博希望人民过上好日子的言论却被人反复讥笑呢？为何欧美各个民主国家也都不断有政治低龄化的趋势，我们就偏偏容不下一个全民“少先大队副总队长”？

我不是在为黄艺博辩护，我本身其实非常反感这样的成长方式。好吧，我要说的是，可怕之处恰恰在于此。小心翼翼地打开政治书，小心翼翼地学习共产党章程，小心翼翼地观看收听新闻联播，不用多解释，更不要怀疑，两岁看新闻联播、七岁读参考消息、捐助3000余元帮助贫困老人、以让人民过上好日子为坚定理想的黄艺博才是这个时代政治思想的最好践行者，才是真正“优秀的少先队员”，才是战斗在最前线的党的好儿女！

黄艺博一定很困惑，他照着书上的要求做了该做的，他为“构建和谐社会”尽己所能，却受到所有人的批判与讽刺，这是谁的悲哀呢？

会不会有人如坐针毡？我不得而知。

魔力巴萨，王者无敌

2011 年是一个缺少大赛的年份，欧冠决赛毫无疑问成了最具看点的巅峰对决。在英格兰的足球圣地温布利，即能见证曼联和巴萨这两支欧陆最强球队谁将最终捧得大耳朵杯。

现场八万多欢呼雷动的球迷将气氛飙到了最高点，两家同样拥有伟大历史的豪门在万众瞩目下共同演绎了一场精彩纷呈的对决。

佩德罗首开纪录，鲁尼扳平比分，梅西再度超出，比利亚锁定胜局。MVP 组合用 MVP 级的表现让巴萨轻松战胜了老冤家曼联，笑傲欧洲之巅，这是红蓝梦之队六年来的第三次捧杯，没有人会怀疑巴萨就是这个星球上最伟大的球队，年龄架构及其合理的人员阵容注定了这可能只是他们王朝的刚刚开始。现场人山人海的巴萨球迷舞动着球队的围巾，齐唱“巴萨，巴萨”，激动与兴奋洋溢在每一个巴萨球员的脸上，甚至连瓜帅都流下了激动的眼泪，梅西、葫芦娃、小白、佩德罗、阿尔维斯手舞足蹈地庆祝着胜利，正是他们，用近乎完美的表现捍卫了这支“宇宙战队”的荣誉。

好吧，曼联真的已经尽力了，维迪奇累到腿几乎都无法伸直，“朴三肺”甚至跑到脸色惨白，40 岁的传奇门神范德萨更是做出了无数次精彩的扑救。然而留给曼联的，仍只有无奈。相比于两年前在罗马奥林匹克球场负于巴萨，这次相遇让曼联更加绝望。也许曼联和巴萨根本就不是一个量级的球队，这个时代没有其他哪个球队能在实力上企及巴萨，即使强如曼联，也仍然难以望其项背。看着巴萨的疯狂庆祝，曼联球迷沉默了，只留下鲁尼伤心的泪水、朴智星迷茫的眼神、范德萨落寞的背影。

当自己最支持的球队与巴萨相遇时，就注定了是出悲剧。

也许真如解说员所说，不管你支持不支持他们，能与这支巴萨同处一个时代，的确是我们的幸福，没有任何理由不去佩服他们梦幻般的技术足球，即使你不喜欢。巴萨是一支有魔力的球队，精确的短传，行云流水般的渗透，超强的控制力，让任何球队都如中了邪般地无所适从，面对一脚脚充满想象力、天马行空的技术足球，即使是最精密强悍的防守，也只能望球兴叹，根本发不上力。

曼联似乎也一度扳平比分，但面对巴萨恐怖的控球，两队之间分明有着无法逾越的差距。这是一支现象级的巴萨，这支球队注定要载入世界足球史册，他们将梦一般的全攻全守足球变成了现实，用二十年如一日的风格捍卫并坚持着技术足球的尊严。不夸张地说，这支巴萨可能就是历史上最好的球队，他们开创了世界足球的新纪元。

值得一提的是，巴萨没有忘记受伤的灵魂队长普约尔，没有忘记战胜病魔的斗士阿比达尔，巴萨把胜利献给了他们，这同样令人动容。这是拉马西亚青训营的胜利，这是技术观赏足球的胜利，这是巴萨精神和风格的胜利！魔力巴萨，王者无敌！

世界上所有的优秀球员和教练都会把巴萨当作标杆，战胜巴萨就像是一道无解的难题摆在其他豪门面前。谁能够撼动巴萨的王者地位呢？魔力鸟能带着银河战舰击败魔力巴萨吗？我们拭目以待。

也许那种挑战与捍卫的过程，才正是足球的魅力所在！

拉登娱乐了谁

拉登死了。

2011 年 5 月 2 日，劳动节刚过，本是平静的一天。巴基斯坦境内，美军却以迅雷不及掩耳的速度根据之前发现的拉登踪迹，以精准的外科手术式打击包围了他的藏匿地，并击毙了这个全球闻名、美国动用上万军民甚至专门成立部门通缉的恐怖大亨。

拉登十年逃亡路，就此画上了句号。

毫无悬念地，互联网在这一事件中又一次扮演了巨大推手的重要角色。从 Twitter 发布这一消息那一刻起，拉登之死便迅速以几何式的蔓延速度在互联网中传播开来。拉登，这个地球上最著名的恐怖分子，“9·11 事件”的策划人，又一次成功跃为最受瞩目的话题人物。

相比于国外媒体还不断纠结于其死亡的真伪性以及拉登死后可能出现的反恐新局势，中国的各大论坛、BBS 却显现出一种惊人的和谐。“登哥走好”、“缅怀拉登”，并一股脑地给他戴上了“伟大的国际恐怖主义战士”、“战斗在最前沿的反抗霸权者”的高帽。在这个流行集体吐槽的空虚年代，无数普普通通的大小网民、市侩仿佛一夜之间成了拉登的“追随者”，将其供上神坛。

好吧，其实我并不太了解拉登，对于他的是非与定论，我没有任何发言权。我只知道，他是一个彻彻底底的极端宗教主义者；我只知道，人类历史上最严重的恐怖袭击——“9·11 事件”，确确实实带走了 3000 多个鲜活的生命。

需要声明的是，我其实没有任何亲美倾向，我只是觉得，拉登之死，对于中国，或者说尤其对于那些市井小民，没有任何影响。打个不恰当的比方，如果有类似的事情发生，欧美网民高喊着“阿扁走好”、“达赖安息”，我们又会怎么想呢？

在互联网、PC 时代的今天，我更多地感受到的是大家把拉登仿佛看作一个娱乐明星，把拉登之死更多地当作一个娱闻、一个八卦去看待。这真的很没趣。我们没经历过“9·11”，就不要把玩笑建立在恐怖主义和伤害之上，真的没有必要去发表一些无聊的评论。

拉登之死不是什么的开始，也不会标志着什么的结束。拉登作为一个符号式的人物，他的死更多地折射了一些严肃的层面，无论是极端宗教主义的发展、反恐新局面的形式还是美国军事打击能力的可怕（精准切入别国中心进行军事行动），这才是喧嚣之后真正值得我们思考的地方。

如果还是一个个地叫嚷着“追随登哥”的玩笑，那就真是滑天下之大稽了。

谁的末日

幸与不幸，我们赶上了一个“末日”的年代。

也许是从《2012》以后，“世界末日”的言论甚嚣尘上，从未停止过。最近，赶上日本恐怖的九级大地震，什么月地最近、富士山爆发种种毁灭的可能便又开始大张旗鼓地吸引人们的眼球，为好事者积极提供茶余饭后的谈资。

这不，人家地震引发核电站爆炸，形成核辐射，咱中国“盐荒”子孙却抢盐成风。一切搞得像危机到来只是时间问题一样，各家都得先做点准备。

好吧，对于这样的行为，我真的不好说些什么了。我只能说，也许是自己阅历见识太浅吧，我怎么都搞不懂，辐射能否漂洋过海影响到咱们且不说，就算真来了，你有一车盐又能怎么样呢？谣言止于智者，一两个人那样还能解释为个人的无知，一个拥有13亿人口的泱泱大国居然全民都这样疯狂，那就真的只能说是可怕了。估计现在最开心的也就是盐商了，价值1块钱的东西愣是炒到了25块钱，这可是赚翻了的买卖。

回想起来，这种事儿在中国倒也真是见怪不怪了。非典猖獗时，讲盐能抗非典，一时洛阳“盐”贵，合着盐真是万能的了。咱中国人，尤其是中国网民最大的爱好就是把灾难渲染得无比可怕，同时再捎带手整俩偏方左道，当然最后无一例外都被证明是瞎扯，但大家干这事儿就是乐此不疲。一点儿小动静，立马草木皆兵，风声鹤唳。先是无限夸大改变，再人人口口相传，渲染可怕性，最后大家围观真相，一笑而过。这仿佛已经成了一种固定模式，隔三差五就能掀起一阵波澜，成为闲暇市侩口中津津乐道的话题。这倒也真令人费解，难道大家真的就唯恐天下不乱，不发点儿灾难的财不快活?!

其实，我真不是自信人类能万世长存，地球会一直安全平静。相反，照人类对自然这样的破坏速度，我们也许真会遭受天谴。但忧患意识不等同于盲目悲观，更不是乱传谣言。我们能做的应该是尽可能地保护我们赖以生存的家园，放缓自然惩罚人类的脚步，而不是成天叫嚣着要地震，要瘟疫，一副把灾难当儿戏的样子，那真的很无聊。说真的，灾难真来了可不是闹着玩的，你想躲也躲不掉。所以，灾难之前就别在那里无知又无聊地讲一些不着边际的话了。

来与不来，末日就在那里，不紧不慢，生活还是要继续。别管明天，珍惜今天就好，别在那种不知道的事情上纠结了。搞不好，真的末日没来，你人品的末日却要到了！

“看上去很美”

《狄仁杰之通天帝国》还在热映中，华谊公司的境地却有些尴尬，因为他们给出的票房统计与统计网站的数字差了三千万，说白了，就是虚报了三千万票房。

不过这也没让华谊太难堪，三千万也不算太大的数目，很快可以填上。更重要的是，虚报票房这事儿在业界早已是公开的秘密，影院配合，制片方默认，只有普通观影者会蒙在鼓里。娱乐公司为了给电影造势，多报几千万票房太正常了。

但正常就可以原谅吗？所有人都这样干，就可以默认为可行而继续吗？我觉得这正是社会的一个悲哀。

其实在中国，岂止是电影界，所有只要有漏洞可钻的数据统计统统有水分。在去年的GDP数字统计中，各县之和大于全省、各省之和大于全国的类似矛盾就已不算什么新闻，似乎成了中国特色社会主义的一大“特色”。尽管这种看上去很美的面子工程没有任何实质性意义，但为了评优、争先、粉饰给人看，有关部门还是乐此不疲地进行着这样的数据“篡改”与“修饰”。

我觉得这不仅是诚信与否的问题，更深刻地反映了国人好大喜功的劣根性。总喜欢做一些形式主义、流于表面的粉饰性工作，只在乎把凡事做到看上去很美，用片面的数字、排名代表一切，最终只能造成对公众的不负责任以及有关部门社会公信力的丧失。

说真的，这也算不上什么严重的问题。相比于那些真正危害社会的严重漏洞，这只能算是一个微小的瑕疵。但是有一点是毋庸置疑的，那就是作为公众部门，必须对公众负责，统计数据的意义就是在于把真相还给群众，这是起码的道德底线。我在这里大放厥词，也只是希望那些“吃皇粮”、“花税款”的社会主义建设者，能少一些功利，多一些实际；少一些虚假，多一些真诚，把事实还原于众，真正给老百姓一个交代。

至于那些看上去很美的统计、排名，真的没必要太在意。

浮华年代，天真说爱

If you love something very very much, let it go free.

If it does not return, it was never meant to be yours.

If it does, love it forever.

如果你非常非常爱它，让它自由吧！

如果它不回头，那么它从来就不属于你。

如果它回头了，要永远爱它。

这是一段精彩到经典的文字。尽管字字平实，但真的很让人感动。也许爱情现在离我们还很远，也许这种“爱”在这个浮华年代早已不复存在。但谁也无法抹去，谁也不会忘却，曾经有过那样一段旷世情缘，任凭时间冲刷风化，恒久为人所叹惋和唏嘘。

那是一段只属于那个年代的绝代传奇。

林徽因，人间四月天一般的一代才女；梁思成，名门之后，一代建筑学家；金岳霖，满腹经纶，一代哲学大师。一段是天作之合的风华绝恋，一段是刻骨铭心的精神爱情。他们之间那剪不断、理还乱的纯爱往事根本就无法用世俗浅薄的眼光去看待。那是爱，却又分明超越了爱的范畴，那是只能荡涤在澄澈心灵中的爱的涟漪。面对林徽因的艰难抉择，一个舍不得她走，却要还爱人一个自由；一个爱她到痴迷，却狠下心来放手。没有自私，没有怨仇，那分明就是一种精神层面的至深真情与诚心相守！

最伟大的爱是放手，最伟大的给予是给爱人自由。

几十载的青葱岁月，往事可待成追忆，一切的一切，空留慨叹的记忆。

如今，时代在向前发展，传奇却永远停驻在当年的峥嵘岁月。我们生在一个滥情的年代，生在一个响彻“海枯石烂”、“天长地久”的年代，生在一个爱情观、婚恋观畸形的年代。我们不懂得退后，学不会放手，只愿意把爱情变为契约关系般的自私拥有，这是对爱情的亵渎，也让我们不得不无奈地面对，那种纯爱离我们愈发遥远。

而也许正是因为如此，才更让那段旷世情缘愈加成为一种挥之不去的情结，郁结在天下有情人心中！

一位风华绝代的才女，一种洒脱真诚的男儿，一份旷世惊艳的绝恋，如同一段历久弥香的旋律，还在我们耳边萦绕，让我们在这个浮华的年代，还能这样天真地说说爱……

印象之古都：千年一叹

文化瑰宝、龙门石窟，那里有古色古香、青山绿水的清明上河园……豫州河南，真正的中原，一片承载了帝国中心千百年闻名的沃土，那里有倾国倾城、誉满天下的牡丹，那里有声震中外、名扬武林的少林功夫，那里有璀璨绚烂的神奇内涵……怀着无比激动与兴奋的心情，我们踏上探寻古都文明的旅程。

七八个小时的长途汽车跋涉是难熬的，四月已略显炎热的天气也让人疲惫，但旅途的第一站便很快打消了我们心中的一切不快与烦闷。登封少林，中国武术的代表。作为中国人，没有谁不知道少林功夫的盛名。巍峨的群山中，这样一座古刹就威严地耸立其间。云雾缭绕，巨木参天，怪石嶙峋，颇有几番仙风道骨的味道。尽管中外慕名而来的游客熙熙攘攘，人群川流不息，却也丝毫不能掩盖深山古刹的威严与气韵。少林武僧的表演最让人印象深刻，刀、枪、棍、棒，十八般兵器耍得虎虎生风，“双枪顶喉”、“飞针穿玻璃”等硬气功表演更是令大家拍案叫绝，武僧们还现场进行了几套拳术的简单教学，让中外游客都充分领略了中华武学的博大精深、魅力无穷。在塔林中短暂留恋参观之后，我们便结束了今天的少林之行。

次日上午，我们来到中国四大石窟之一的龙门石窟。尽管天气炎热异常，却丝毫不能减弱大家的游览热情。一条雄伟绵延的伊河延伸其中，两岸险峻连绵的山峰上便是雕刻着的大大小小的石窟佛像。一尊尊佛像雕塑体态丰匀，颇具特色，有着浓厚的时代风格与印记，高达数十米的大尊佛像更是让人叹为观止，让我们赞叹古代能工巧匠璀璨的雕刻技艺与巧夺天工的惊世成就。一处处历经千年而充满历史烙印的艺术结晶也完全激起了大家的兴趣，纷纷兴致盎然地拍照留念。两岸雄奇壮伟的景色似乎已让人忘了步行的疲惫，不知不觉中便完成了对石窟的参观与游玩。下午，适逢洛阳牡丹节开幕，一行人便游览了坐落在这里的牡丹园，在这人间的四月天，头顶艳阳，鼻嗅花香，充分享受了一场美轮美奂的游园惊梦。

第三天，也是整个旅程的终点。上午，先是游览了河南省地质博物馆，五彩斑斓的岩石，巨大的恐龙骨架，形形色色的古生物化石，都让人大开眼界。但相比于接下来游览的开封城和清明上河园，这还是稍逊一筹。风情的田地仿佛让人回到了一千年前繁华的北宋，古朴的景致如张择端笔下的清明上河图般缓缓展开，让人沉醉，让人赞叹。尽管旅行急促而短暂，我却已将千年前古都的繁华时空尽收眼底。

一切过往的浮华已成云烟，只是如同那跨越千年的一声叹息，依旧回荡在人们耳边。

三天短暂的旅行已画上圆满句号，难忘少林佛家给人带来的心灵荡涤，难忘国宝般璀璨的石窟艺术，难忘古朴典雅的开封古城，更难忘这里的一座座城市，一座座有着优雅的古典气息和繁华的现代气息的城市，是历史与现代碰撞交融最完美的体现与诠释！

趁着夜色，离开短暂邂逅的河南，最后一眼回望这片土地，还是有着太多的不舍与留恋。属于这里的一切美好回忆，我将一并珍藏在心里。

创作者的黎明

翻开福布斯中国富豪榜，李彦宏的名字赫然排在首位，他和他的百度一起在互联网大潮中撒蹄狂奔。没错，在中国，百度的影响力太大了，百度搜索，百度贴吧，百度 MP3，哪怕对于最菜鸟级的新手来说也都再熟悉不过。百度，不可不谓中国互联网界一大巨头。

然而就是这么牛的一家公司，最近日子却不太好过。韩寒、郭敬明、余秋雨等数位知名作家联名起诉百度，矛头直指百度文库对他们作品的免费征用，要求百度赔礼道歉并删除相关作品。

其实这种官司百度经历的已经很多，年年都有音乐人告百度 MP3 侵权他们的音乐，但次次都是百度赢，百度免费提供的海量 MP3 下载横扫唱片界，让中国正版音乐市场一片凋萎。纵然业界有再多的声讨、质疑，百度的强势行为也总能得到默许，百度的“侵权事业”安如泰山。

不过这次，如此声势浩大的讨伐行动效果显然有所不同，迫于各方压力，百度很快便知趣地删除了全部侵权内容；并有消息称，百度音乐模式也将全面改组。至此，轰轰烈烈的讨伐百度事件终于以一次创作者们的阶段性胜利落下了帷幕。

说实话，对于这个消息，我承认也会因免费下载渠道的丧失而感到有些不适，但更多的感受还是要拍手叫好。这是创作者们的胜利，更是对创作本身进行保护、支持的一场革命！试想：一个创作者的作品，被人千万次地征引、使用，自己却得不到一分收益，谁还会再有动力去创作？这样肆无忌惮、没有界限的侵权行为无疑是对创作激情的一种最大伤害！

然而在中国，使用、下载免费的音乐、影视、文学作品却被全面默许，各种无良的网站公司通过各种盗版方式赚取利益，却将原创者排除在利益链之外，淡薄的版权意识让全体国民以享受盗版为乐，更让原创者的权益像羊一样任人宰割。话说回来，中国的几大网络公司本身就并非原创，百度模仿谷歌、腾讯的各项服务更是全面抄袭。诚然，创作来自模仿，但一味的抄袭、拿来主义注定了市场将没有明天。

在互联网时代的今天，中国互联网的市场飞速发展，然而由此带来的相关侵权问题却没有得到相应的解决。法律体制的不健全、全民维权意识的淡薄注定了中国的正版市场将举步维艰。

前不久的“翻唱春天里”事件已开了一个好头，这次百度事件对大家更是一个启示，最终的推动还是需要相关市场体制的规范化，以及所有国民共同的意识觉醒与大力支持。

到那时，才有可能真正迎来一个创作者的黎明，一个原创的黎明！

草原传说　神狼赞歌

——读《狼图腾》有感

又是一年盛夏，拜读了姜戎的草原巨著《狼图腾》，经过数日废寝忘食的奋战，方才合上书卷，只觉相见恨晚，如此奇书，今天才姗姗邂逅，实属惭愧。

狼，与人缠斗了几千年的物种，在汉人眼中，似乎永远都是邪恶魔鬼的化身，狼心狗肺，狼子野心，狼狈为奸，鬼哭狼嚎，仅透过几个简单的成语便可窥知一二，尽管甚至都不真正了解狼，但农耕民族对狼有一种骨子里的害怕、反感与厌恶。然而，作者却真正地把他的镜头对准了狼——那个我们大部分人都不曾接触、了解的生物，用他的朴实、细致又带着浓浓情感的文字，还原了那个蒙古草原上威猛无比、诡计多端、桀骜不驯、叱咤风云的蒙古狼。

镜头仿佛拉回到了额仑还能被称作大草原的时空。“天苍苍，野茫茫，风吹草低见牛羊。”淳朴的牧民与威武的狼群在这辽远的土地上争斗相处了几千年。人们打狼、围狼，杀狼，却又爱狼、学狼、敬狼。而那群在草原上奔腾不息，顽强生存了几万年的狼群，就真的如神一样，守护着这片草原，更守护着它们的骄傲与尊严。除了把它们奉为神明的牧民，任何人都无法想象和相信，狼是如此的狡诈聪明，竟懂得运用地形、各种复杂战术、天气围猎进攻；狼是如此的远见智慧，为了长远考虑永远不把猎物赶尽杀绝而留下活口；狼又是如此的威猛不屈，即使流尽最后一滴血，也绝不会被驯服。它们，毫无疑问，就是野性的化身。在作者笔下，那一匹匹驰骋草原的狼，简直如同电影《勇敢的心》中一位位为了自由而浴血奋战的苏格兰战士，英勇无比，顽强不屈，团结一致而又充满智慧。相比用什么科学的眼光解释、看待狼，我更愿意相信，狼就是受腾格里庇护的宠儿，就是上天派到人间保护草原的守护神。

作者并没有在狼与自然选择、生存斗争的层面浅尝辄止，而是把剖析上升到了狼对文化影响的高度。生产、文化都相对落后的游牧民族为何总能把先进的农耕民族打得落荒而逃、俯首称臣？在长期与狼的斗争较量中，家狗们成了令人闻风丧胆的猎犬，矮小的蒙古马成了勇武强悍的战马，而草原人便成了骁勇善战、野性如狼的可怕民族，这才会有蒙古纵横六合、横扫八方、气吞万里如虎的欧亚大帝国。面对这骑在马背上，长在狼群中的民族，农耕民族永远都显得是那么胆小懦弱、贪图安逸。放眼如今的世界民族之林，也正是拥有狼性的西欧人不屈不挠，锐意进攻，勇敢拓展，才有了一部部如狼群称霸草原般的大国崛起史。这令人魂牵梦绕、勇敢追寻的狼图腾也许就是实现华夏民族伟大复兴的一把钥匙。那瑰丽伟大而又神秘让人琢磨不透的狼文化可能让我们一生都领略不尽它的神奇。

本书的另一难能可贵之处，我个人觉得是对于时代背景的巧妙选择与精准拿捏。以“文革”时期知青上山下乡的视角浅入深出。男主人公两位知青由开始对狼的害怕，避之不及到逐渐了解狼直至崇拜狼，甚至养了条小狼做伴，骨子里也获得了狼的勇敢、野性。从心底爱上狼，爱上草原。然而悲哀在于，在特殊时期，知青的身份使他们的觉悟与理智显得毫无意义，面对与他们形成鲜明对比的东北蒙民、民工、盲流对草原的破坏，对狼群的屠杀，尽管想斗争反抗，却是势力单薄，无能为力，最终，只能眼睁睁地看着狼群消逝远方，草原沦为荒漠。美丽的草原在现代化、破四旧、大建设的呼声中面目全非，不伦不类。这正是作者更深层的思考与反思，在对那个奇异年代的忏悔与反省之后，我们是否也应拿出勇气正视我们民族的盲目与缺陷，现代化大建设的潮流在原始、纯朴、自然的草原面前显得如此的愚昧、不理智，最终只能留下毁坏与践踏。站在一个看似正确的出发点，满腔的建设热情却全部成了通向深渊的动力。狼尚且懂得为了子孙后代着想的中庸长久之道，自诩为万物之灵的人却仿佛蒙上了自己的双眼。

掩卷深思，我仿佛看到，已成戈壁的蒙古草原，最后的草原狼也已渐行渐远，而更令人心寒的是，我们华夏民族那一点残存的坚韧不屈的狼性似乎也伴随着消失殆尽。

深夜躺在床上睡不着觉，似乎隐约听见遥远的北方，传来一声凄厉悠远的狼嗥，让人毛骨悚然，却又热血沸腾。

娜写不可思议

罗兰·加洛斯，飞扬的红土上，伴随着《义勇军进行曲》，五星红旗冉冉升起，美丽的巴黎见证这项赛事走过一百一十多个春秋的风风雨雨，然而这鲜亮的一抹红，却是第一次。

此时此刻，全世界的目光注定只会聚在一个人身上，在欧美选手垄断女子网球的今天，我们黄种人一样可以捧起了苏珊·朗格朗杯，霸气的湖北姑娘——李娜，带来了2011年最大的惊喜，在中国网球史上书写下了浓墨重彩的一笔。

这个冠军的历史意义亦无须我再去赘述，创造数个“第一”的娜姐毫无疑问已是当今网坛最炙手可热的人物。而在姚明、刘翔饱受伤病困扰、中国体坛难有领军人物出现时，如今的李娜更是已悄悄站上了这个历史的高度。依稀记得七年前的雅典，刘翔那个令人震惊的12秒91让亚洲扬眉吐气，而如今这个银光闪闪的大满贯奖杯，之于网球界，之于中国体育，同样是有着划时代的意义。

领奖台上的李娜笑颜如花，夺冠的欣喜洋溢在她和每一个国人脸上。然而这个冠军却绝对来之不易，惊心动魄的1小时46分钟，与对手白热化的鏖战依旧历历在目。面对卫冕冠军强大的发球和出色的上网，李娜顶住了压力，扬长避短，展现出了绝对的技术实力和心理素质。鱼跃飞身救球，灵巧的上网截击，漂亮的底线回球，李娜用一记记直接得分博得全场观众的喝彩。在一位位网球大佬级前辈的注视下，在写满历史的菲利普·沙特里耶球场，我们共同见证了新王的诞生。

这也是继温网杀进决赛，李娜再一次创造不可思议的奇迹。回望中国网球这么多年发展，从2004年奥运女双的爆冷，到2006年澳网、温网双料冠军，再到如今夺得亚洲第一个女单大满贯，女子网球一步步完成令人惊艳的华丽转身，而在这一浪潮中，李娜毫无疑问是冲在最前沿的弄潮儿，亚洲大姐大，在技术上，她已完成质的飞跃，迈入世界顶尖行列，而在性格上，全民“娜姐”更是让人称道。我们看到，比赛中，一度被扳平反超时，没有懊恼的抱怨；夺冠后，激动之余不忘友好地去与对手拥抱；赛后接受采访时，更是用一个个美式幽默轻松应对记者。没有矫揉造作，没有风度尽失，真性情的李娜已蜕变为一个“国际娜”，当之无愧中国体育的名片！

就是这样一个幽默、直率、真性情、敢打敢拼的李娜，怎能够叫人不去喜爱、不去支持？世界第四不会是终点，大满贯冠军不会是终点，13亿人站在她背后，李娜，一定会创造更多的不可思议！

救　赎

五年前，达拉斯，在所有人一致看好的情况下，在大比分2:0领先的大好局势下，在主场，小牛队饮恨泪别奥布莱恩杯。

五年后，迈阿密，甚至没有人能想到他们进军总决赛，面对1:2落后的局势，面对全联盟最强的组合，在对手的地盘，他们却爆冷登顶。

有时你不得不相信宿命，历史就是爱开这种轮回式的玩笑。此刻，当年的失意人小将军约翰逊也许会有一丝欣慰和祝福，当年的“罪人”霍华德也许只有懊悔和羞愧，当年的赢家韦德必定是绝顶的痛苦和失望。但，这些已没人会去在意，是夜的迈阿密，是夜的美航球馆，一切只属于现在的达拉斯人。

33岁的诺天王，30岁的特里，37岁的基德，5年的等待，82场常规赛的拼杀，22场季后赛的肉搏，一干曾经的失意人终于完成了他们的救赎。六场激烈对决飙升的收视率拯救了面临停摆的NBA，在生涯末期修成正果却真正拯救老将自己。

回望这五年来，达拉斯人注定是心碎的。尽管在常规赛中威风八面，到了季后赛，却总是上演如笑料般习惯性的悲剧，一次“黑八”，一次“黑七”，没有人比他们失去的更多了。即使人员不断更迭轮换，主教练也已物是人非，折腾到本赛季季后赛开打前，依然没有人看好这支小牛队。

然而，奇迹却即将上演。

首轮，面对感动上天的罗伊，面对众志成城的开拓者，小牛队咬牙挺住，4:2晋级；而次轮，面对如日中天的卫冕冠军湖人，牛仔们更是以不可思议的横扫强势晋级；西区决赛，尽管青年近卫军雷霆充满活力，激情四射，面对打疯了的小牛，也只能俯首称臣。此刻的小牛已爆发出了惊人的战斗力，手感热得发烫的诺天王，眼中直指总冠军。

而他们的对手，也已经出炉，即是当年让小牛心碎的热火！此时的热火阵中，已不只有当年的杀手韦德，更聚齐了君临天下的詹姆斯和03白金一代中的另一位超级巨星——波什，风光无限且具有恐怖统治力的新三巨头，从去年夏天聚首的那一刻起，他们的目标也就只有总冠军。

这场写满恩怨的宿命对决，没有让球迷们失望，白热化的激烈程度超出了所有人的想象。每场比赛，两队都打得难分伯仲，每场比赛的胜负差距都只在几分之间。拥有恐怖进攻火力的詹韦二人组每每在比赛的大部分时间率队领先，但在特里、马里昂一干好手的冲击下，天王却能一记记无解地跳投绝地反击。第二场的惊天逆转，第四场的背水一战，在曾经让达拉斯人蒙羞的第六站，小牛众将没有让机会再溜走，力克热火，等待了31年的奥布莱恩杯终于眷顾了达拉斯。

诺天王已眼含热泪，不相信眼前发生的一切。这个在联盟里战斗了13年的老兵，没有人比他失去的更多，尽管加冕过MVP，却从未脱离过软蛋的骂名。在质疑声中，德克真正证明了自己，他几乎以一己之力拯救了小牛，总决赛MVP当之无愧。十年如一日的坚持，这个冠军毫无疑问是对德国战车最好的褒奖，史上最伟大的外籍球员——德克·诺维茨基注定要同那些伟大的名字一起位列仙班。

光荣同样属于特里，作为队中诺维茨基之外唯一经历过2006年耻辱的老队员，特里给了德克最充分的支援。疯狂的三分火力，闪电般的内线切入，第六战中，更是身先士卒，劈下27分，报了曾经的一箭之仇，更拿到了属于他们的总冠军。

此刻的基德依然淡定从容，37岁的老将之躯，18年的沙场征战，基德经历过太多的大风大浪，职业生涯无数荣誉的“三双王”独缺一个总冠军，在这个曾经战斗过的地方，基德亲手实现了这一梦想。

我们同样不能遗忘马里昂、巴里亚、钱德勒……正是他们的众志成城，三军用命，达拉斯才能品尝到他们热切渴望，魂牵梦绕的奥布莱恩杯。

五年弹指一挥间，几千个日子的等待，数百场日子的历练，尽管也曾迷失，彷徨，小牛最终还是完成了自我救赎，而2011年这史诗般的决战也注定将成为一段传奇流传下去。

光荣与梦想，复仇与守望，烽烟远未熄灭，黯然失败的詹姆斯、韦德、波什又能否完成他们的救赎?

只有一点是肯定的，属于总冠军的传奇仍将继续……

诸神的黄昏

美航中心已是一片欢乐的海洋，记分牌上36分的分差让这场捍卫尊严的比赛早早失去悬念，达拉斯的牛仔们尽情享受着全场观众的欢呼雷动，此刻，掌声属于他们。

湖人，那只曾经骄傲的王者之师、卫冕冠军，就这样耻辱地出局。赛季初三连冠的梦想被无情的横扫击得粉碎。是夜，注定是紫金军团的悲伤不眠夜。

不管禅师的急流勇退也好，不管加索尔的交易传闻也好，彼时，全世界的目光只会定格一个人——科比。这个联盟最接近神的男人。湖人也许不是科比一个人的球队，但科比，是湖人的灵魂。依稀还能回忆15年前那个青涩的毛头小子，初至天使城，心比天高，却还稍显稚嫩。然而，15个春秋走过，他身上还一直流淌着紫金的血液，捍卫着冠军的荣光。在洛城，科比成长、成熟、起伏、低谷、迷茫、重生、辉煌，年少成名，惊天三年冠，数年的低谷，81分的涅槃重生，卫冕的辉煌，如一出好莱坞励志剧般，科比来到了联盟的巅峰，睥睨众生。2011年，本是封神的一年，如能带队完成三年冠伟业，科比便有资格挑战云端之上那个“神”的地位，企及乔丹六冠的高度。

然而，一切赛季初的梦想，在疯狂的小牛面前，灰飞烟灭，轰然倒在西区半决赛之后，所有人又一次重新审视科比，这个连续带伤作战几年的男人，也许真的老了，累了。

2008年的手指，2009年的膝盖，2010年的脚踝，一切伤痛，飞侠选择了忍耐，放弃手术，拒绝检查，科比用近乎自虐的方式坚持前进。一个奥运冠军，两座奥布莱恩杯，他在逆天战斗。但，岁月终究是不饶人的，尽管也许飞侠还能保持他对冠军的渴望、斗志，可无论怎样，身体却只能一天天无奈老去，没有了一骑绝尘的速度，没有了切入后不讲理的隔人暴扣，更无狂野霸气的追身封盖，只有日渐趋于无解的后仰跳投。无尽的伤病，岁月的侵蚀，科比只想与时间做一次最后的抗争，尽管一切，又只能留给下一年去完成。

在詹姆斯、罗斯新生代的冲击下，科比也许真的有些力不从心。

不只科比，即使贵为神，也会有黄昏。费德勒已日趋在于纳豆、小德的争锋中劣势尽显，复出的车神也在为拿不到积分而发愁；斯洛克皇帝甚至都无法在世锦赛中有丝毫建树。他们曾经一统天下，如今却像凡人一样老去。

竞技体育就是这样残酷，后浪推前浪，新人赶旧人。一张张生龙活虎的新面孔，才是主流，当一股股青春风暴骤然刮起时，老去的神只能黯然神伤了。但没有人会去质疑科比、奶牛、亨德利、舒马赫的伟大，他们早已成为一段传奇，也许就是这样的丝丝缺憾，才成就了伟大。

老王已死，新王当立。

正确的谬误

闭上眼，想这样一个问题，在你的人生路上，是否有无数人对你说：年轻人，你该怎么做，怎么做才是最正确的，才是最合理的。古人云云……

对呵，我们，我们年轻人永远是冲动的，莽撞的，不切实际的。我们幼稚的选择永远要被贴上谬误的标签。我们最亲的人，最爱我们的人，最想我们好的人会为我们选一条好的、正确的路，只走成功的方式，不步失败的后尘。

我承认，这样很好，但如果你就真的这样服从所有正确的安排，向一切规则妥协，那我只能同情你，尽管我自己也在被同情之列。

这话讲出来其实怪怪的。的确，从历史的角度讲，以史为鉴，我们就是应从前人的经验中吸取教训，凡事都去走一条 best way，这样的人生才会是最完美、最安全、最没有风险的。生命长河中，千万人随波逐流的阳光道肯定比叛逆的、反骨的非主流好走。

当比尔·盖茨退学创立微软直至成为首富时，你的心也许会动，但你身边的人甚至包括你自己一定会告诉你那是个案；当韩寒与学业背道而驰，却在文坛大放异彩直至成为意见领袖时，你的心也许会动，但还是会“被认为”那是个案；当李想、茅侃侃等人放弃高考成为八零后创业新锐时，你的心也许还会动，但那还是个案。

总会有人告诉你，他们的路线归根纠底是谬误的，只是现象级。

对，我必须承认，那的确是个案，别人的成功不可复制。但就是这，你就没有勇气，没有能力成为一个个案吗？

我想，在徐霞客违背封建思想纲常，不考功名，云游四方时，一定没有人讲他是对的；在凡·高颠覆传统画风，大胆自由地创作时，一定也没有人讲他是对的；在尼古拉·特斯拉挑战科学权威，疯狂实验时，一定还是没有人讲他是对的……

但，历史证明，他们就是对的。

而我们呢，我们千千万万大众吸取前人的教训，吸纳别人的意见，仔细权衡，小心翼翼地走出每一步正确的路，到头来却反而是个谬误，终究会被历史推翻的谬误。

人生在世，并不是为了规避风险而存活，有时，正是失败、错误、缺憾才让生命显得愈发美丽而珍贵。既然来到这个世界上，就应给这个世界烙上几分自己的印记，即使谬误到没有人认可，你的心，知道那才是自己的。

末了，想起梭罗在《瓦尔登湖》中的名言，“不要在自己生命即将终结时，才发现自己从未活过……”

可叹岁月　唏嘘“姚麦”

夜幕下的休斯敦，灯火通明；红色的丰田中心，亮得有些让人看不分明。

东部倒数的活塞将在这里挑战西部老末的火箭，一场无关痛痒、本不应有太多关注的常规赛，却因两个人的存在显得是那么的与众不同。

姚明、麦蒂，都曾经是这里的主人，并肩战斗的老大。然而如今，一个西装革履，无奈地坐在观众席，一个甚至已身着客队队服成了这里的路人。

队友、战友，抑或说是朋友，两个人以这样的方式再度相会吸引了所有人的目光，没有深情的拥抱，没有热泪盈眶，只有一个淡淡的拥抱，一个浅浅的微笑。然而，就是这样一个简单的动作，却饱含着太多的意味，是感慨，是无奈，抑或只是对青葱岁月的坦然面对。

故事的一切，始于2004年。

彼时的麦蒂，已加冕两届得分王，豪气冲天，一身是胆，正准备大干一番；而那时的姚明，血气方刚，年轻气盛，处在迅猛的上升期，也渴望建功立业。于是一场赌博式的大换血在两人的母队展开，姚麦强强联手，休斯敦的天空一片光明，所有人都认为，火箭队拿到总冠军只是时间问题。

一切也似乎在向着期望的方向发展，2005年麦蒂创下了35秒13分的神迹感动上天，季后赛更是荡气回肠地与小牛血战七场；而姚明也展现出了第一中锋的统治力，砍瓜切菜般连续数个赛季“20+10”；而二人更是在2008年创下了足以载入史册的22连胜。

然而，命运之神就是这么爱捉弄人，伤痛摧毁了这一切。

膝盖、脚踝、腰、背，伤病没有放过他们身上任何一个角落，五个赛季，姚明缺阵150场，麦蒂缺阵160场，一切美好的憧憬都成了幻想，总冠军的梦更是遥遥无期，尽管带给我们太多的激情与快乐，但他们甚至悲情地从未冲破首轮的魔咒。

10 年，一切就这样无奈地结束，曲终人散。

竞技体育是残酷的，这里没有同情，没有忠诚，没有友情，失去了战绩就是失去了一切。那个曾经的两届得分王，动辄砍下 30 分、40 分的麦蒂就这样被无情地扫地出门，成了无人问津的过气球星；而姚明，只能无奈地用以年计的时光休养伤病，与总冠军越走越远。

没有悲惨，并无痛苦，只有无奈，只剩嘘唏。

而我，真的觉得可惜，那么悲情，可叹成追忆。

恍惚中，我仿佛看到，镁光灯下的球场，一个红色的火箭一号一次次高高跃起，用大力灌篮肆虐着篮筐，而篮下的小巨人也用他巨大的身躯野兽般摧城拔寨……

尽管这已成昨天，尽管再也回不到从前。

为自己默哀

打开随笔本，拿起笔，悠然地翘起了腿，阳光刺眼地落在飘窗上，放下腿，落笔时，夕阳已洒下最后一抹余晖，欲语无声……

莫名地觉得分针走过的“滴答”声是那么刺耳，甚至有些恼人，钟摆在摇，我纠结的问题也由写什么变成了我为什么要“写”。

其实我从未把写随笔当成一项作业抑或是任务，我确乎是有些想写些什么东西的愿念。

但是，一个很奇怪的问题：为什么？我为什么要“写”?！我不自主地开始进行层层剥茧似的自我追问。

是为了表达我的观点吗？我很快否定了这个笑话般的答案。“我的观点”？呵，我何时有过自己真正的观点？我没有观点！我有的只是对前人观点的变相重复。歌舞升平中，辉煌盛世中，我的声音小到连我自己都听不到，万物的“理”都是定好的，社会不会需要也从未需要我对社会的看法。我的思想已麻木，我的脑海想不出新的东西，最悲哀的是我正在丧失那种能力。用自己看上去很美的词藻对前人说烂掉的观点重新包装，难道就是“写作”的意义吗？显然不是。

那“写作”抑或就只是单纯的抒发我自己的情感。好吧，这还是个伪命题。我能想到形容这个的词除了无病呻吟，就是乱发感慨了。这可能只是我个人的悲剧，我不够热爱生活，也不算太愤世嫉俗，我只是会单纯地、浑浑噩噩地、目的性不强地重复我每天机械的生活，游走于真我与做作之间，游走在务实与形式之间。这样的心境抒发出来的文字，真的只能用怪异、纠结来形容。

事实就这样可怕地浮现，原来我的写作没有任何意义，抑或只是对我自己有意义，升学、考试、工作中的应用文，如果这也算一种意义。

痛苦的思索，却得到一个更让人痛苦的结果，真是让人崩溃。

这就好比如一幅奇异的、对联式的悲歌：我还好好的活着，但有些东西已经无奈的死了。

我要为自己默哀。

大郅，纯爷们儿

2010 年 11 月 26 日，广州，亚运会男子篮球决赛。

比赛还剩十几秒即将结束，球权仍在中国队手中，回天乏术的韩国队放弃了最后的抵抗，伴随着最后终场的一声哨响，历经艰辛的中国男篮蝉联了这块金牌！

场边按捺不住激动的队员早已涌入了场内，欢呼着将一个人抛向空中，全场观众的掌声也以最大分贝为他响起，颁奖典礼上，所有队员自发地将自己的金牌戴在了他脖子上，鞠躬致敬……

这枚金牌，献给大郅！这枚金牌，属于大郅！

解说员的话语还一直依稀回荡在我耳边，“大郅 33 岁了，现在这样真的很不容易……”

真的，大郅这一路走来太不容易了！付出了多少，只有他自己知道。

2002 年的一次关键选择，成了大郅篮球生涯的转折点。从此，大郅背上了叛徒的骂名，被看作军人的耻辱，甚至被开除出了国家队。独自漂泊在美国的四年，那难言的苦楚，那被误解的心酸，有谁能懂?!

2006 年为了世锦赛和亚运会，大郅作为救火队员被篮协召回，媒体评说是“浪子回头”。而此时的大致才发现他已是英雄无用武之地。尽管他还是那个叱咤 CBA 赛场、呼风唤雨攻城拔寨的 MVP，但在国家队里他的地位已日益尴尬。所谓“明郅”组合不过是个华丽的幌子，刻意压缩他的上场时间，关键时刻将他换下，把本该属于他的 MVP 颁给别人，明眼人都看得出，篮协分明还是在用各种变相的方式惩罚着大郅。置身事外的我都要为大郅感到不平。

然而，大郅什么都没说，他只是默默地、任劳任怨地扮演着他不尴不尬的角色。

现今，当阿联远赴 NBA，姚明逐渐淡出国家队时，篮协才恍然发现，手头真正可用的只有大郅，于是重新树大郅为核心，委他以重任。罢了，大致还是一样的宠辱不惊，他经历了太多，他明白此刻，这是他义不容辞的责任。

于是2010年在广州，亚运会八场比赛下来，每每都是大郅在最关键时刻挽救了中国男篮于水火之中，决赛，更是他以一己之力砍下20分帮助中国问鼎，毫无疑问，这枚金牌是大郅对自我最好的救赎与证明！

8年了，大郅早已不是当年冉冉升起的希望之星、追风少年，岁月从他的身上带走了太多，放缓了他的脚步，减弱了他的力量，增加了他的伤病，岁月似乎带走了他的一切，却从未熄灭他那火热的心！

在比赛最后时刻，大致用一记补篮为中国锁定胜局、发出仰天长啸时，我分明看到，大郅，温润到甚至看上去有些憨憨的老将，的确是真正的纯爷们儿！

叹梦非梦

理想，梦想，抑或是目标，方向，其实应该都差不多，在英文里都叫做“Dream”，一个梦而已。是这个时代挺稀缺的一个玩意儿。

小时候是有梦想的罢。大人们口中的言论，电视荧屏中的英雄，可能就成为我梦中的标杆，科学家、军人、教师、医生，一个个单纯的职业构筑着我对未来的美好设想，年少的简单与热情让我可以单纯到自信能够做到一切，让世界因我不同。这梦，最简单，却又最像是真的。

现在，我似乎是有梦想的。年岁的见长让我的心智变得所谓的“成熟”，激增的阅历对我的人生观、世界观进行着一次又一次的打磨与雕饰，残酷的现实粉碎了那些“天真的”、“理想化”的梦，作为一个学生，抑或是一个纯粹的考生，“梦”变成了单一的金榜题名。

对于未来，那梦我大概确乎都是可以预料的。社会只是比我想象的残酷，世态的炎凉冷暖，家庭的责任负担只会让我与那青春的梦想愈发遥远，成家立业，再过上更富足安逸一点的生活，也许就是我梦想的极限。在我最成熟、最理智的那段岁月，我亦回归到了最平凡。

我不是在控诉什么，我只是在哀叹，甚至只是一种悲哀。我哀叹，哀叹一个人来到这世界上，为何没有追逐自己梦想的权利；我悲哀，悲哀我现在甚至没有一个属于自己的梦。我们所谓的梦，根本已不是梦，我们不过是一台机器上的小部件，无权改变，无权追求，从存在那一刻起便像图纸上设计的那样而继续。

其实，我本不该哀叹。我也最清楚，不是所有的人都可以活得轰轰烈烈，不是每个人的一生都要惊天动地，成为传奇。社会上终究还是平凡的人占多数的，以祥和温润的方式度过一生，也许真的不失为一种成功与精彩。

但我就是心有不甘。我不甘做千千万万历史长河中随波逐流的一分子，我就是要做那一朵激起的小浪花。哪怕梦想再难再远，只要有一个人可以实现，为什么那个人不可以是我?!

我只是单纯地想拥有一个梦，我心的梦。

我不在乎结局。

你不懂我，因为我是传奇

烈烈北风，落日熔金，远处还能听见蒙古铁骑的马蹄声。我站在这悲壮的漠北，撑着虚弱的身体，最后望了一眼这戎马一生的沙场，我明白，对我来说，这是最好的完结与终点。

65年前，我在战火硝烟中诞生，我的父亲叫朱元璋，颠沛流离度过童年，刀光剑影血战沙场，我成了燕王；22年前，我拥兵一方，力排万难铤而走险，亲手赶走了我的侄子建文帝，我用铁血的战争登上了我梦寐以求的皇位；而如今，我再度踏上了我建功立业、起兵发家的漠北，彼时的大明已被我建设成威震八方的帝国，熟悉的疆土，我挥剑踏平蒙元铁骑，也永远地长眠在自己的这次征途中。

在战火中生，在战火中死，这无愧是我的宿命。

我曾是不受一点关爱、刀头舔血长大的皇室庶子；我也曾是一身是胆、守卫边疆的藩王；但我最终还是一代帝王，是明帝国的天子……像转过沙漏般回望这一生，我在马上打下了江山，在马下开创了盛世，但我知道我留下最多的只有争议。

我是乱臣贼子。为了得到这个天下，我背弃了父亲的遗训，亲手赶走了血缘至亲的侄儿，甚至为了给自己一个正名连自己的母亲都不再相认。为了得到这个皇位，我不择手段。我得到的，是我牺牲一切换来的。

我是嗜血狂魔。靖难之役，我让刚刚恢复太平的天下重燃战火，我杀光抵抗我的前朝忠臣，我将天下读书人种子方孝孺诛灭十族，一切阻拦我的人，我没有也绝不会留一个活口。

我生性多疑，我一路浴血夺皇位从来就没讲过一次信用，我也就绝不会真正相信任何一个人。我设立东厂，配合牵制锦衣卫，谁也别想逃出我的监视。金銮殿上高高在上的我，内心其实无比懦弱害怕。

但，这是我，又不只是我！我可以也最终证明——我就是最像我父亲的一代雄主，我就是这个时代皇帝的最佳人选！

我爱民如子，轻徭减税，休养生息，让老百姓过上了真正富足的生活；我勤理朝政，选贤举能，慧眼识解缙，编纂《永乐大典》永垂后世；我文治武功，雄才大略，御驾五次亲征，荡平蒙元横扫边疆；我励精图治，扬我国威，挑选郑和壮举般七下西洋换得万国来朝；我远见卓识，以极富战略性的眼光为自己后代铺路，终得仁宣盛世万古垂名。也许我不是什么好人，但谁也不能否认我是一代明君，我用我的整个后半生将明朝打造成了声震海外的庞大帝国！

我多疑、冷酷、残忍、权欲熏心，但在统治阶层残酷至极的权力游戏中，这是我唯一的选择和出路。

历史改变了我，战火硝烟、人心叵测的夹缝中生长的经历铸就了我可敬可畏的性格，我成了权谋的大师。

历史成就了我，给了我一个机会，登上我梦寐以求的皇位，让天下沿着我的方式走向极盛，我成了英明的帝王。

历史还是会遗忘我，我只是历史长河中逆流泛起的小浪花，我最终成了历史的过客。

我的功过终究会被历史遗忘，也许你们不理解我，也许天下人都不能懂我，但我朱棣，在这千秋乱世中，绝不妄为一段传奇！

“失败是成功之母”的哲学

中国人有一句话应该是听得最多的，“失败是成功之母”。已无从考证它到底始出于谁之口，可以肯定的是，这近乎符号化、象征化的七个字的影响力已经远远超出了它的本意。

世人向来对失败与成功的论断是感兴趣的。何谓失败，词典里给出的释义是“工作没有达到预定的目的，跟成功相对”。这个解释比较宽泛，大家口中的“成功”与“失败”更多的是别人眼中的看法，即一种狭义上的“成就”，而非自己主观上达成目标意愿与否。

将“成功”和“失败”定性为一种简单的“之母”关系，其实是一种很模糊的讲法，从字面基本可以理解为“成功”来源于“失败”的积累。仔细回想，也不难发现这句话的出现多半是伴随着对失败者的安慰以及对幼龄受教儿童的人生观教育。这样一分析也就可以理解这种逻辑存在的意义。“失败是成功之母”的传播与扩散实际是为了宣传一种积极的处世态度。就好比“丑小鸭”可以长成“白天鹅”、“灰姑娘”可以变成“公主”，这种哲学其实就是为失败者提供一种心理上的可能性，不至于将所有类型的“失败”最终通向一个全面的“失败”。

其实，再去看看这句话的主系表结构，也会觉得颇耐人寻味，甚至觉得是一种避实就虚的废话。每个人都会遭遇失败，其中的小部分个体取得了成功，尽管失败并不都通向成功，但成功却一定都来自失败。这样一想，便会惊人地发现一种新的东西，即我们一直忽略的真理。失败与成功之间真的有某种必然的联系吗？

其实，这来源于我们思维里的误区，即方法论。总喜欢把事物贴上标签，把成功云云这些本身就很模糊的东西随意地附上判断性标签。这是一种极不负责任的做法。

历史总是惊人地相似，历史总是惊人地重演，但历史终究还是五花八门，绝无雷同的。我们知道的所谓的一切可以引作论据的史料真相，都具有其代表性与偶然性。失败可以走向成功，失败也可能归于失败，成功可能造成失败，成功一样可以复制成功。成功与失败其自身本没有多大的因果关系，更多的还是取决于个人的特性，外界的环境甚至是其他的任何偶然元素。所以，如今，很多人开始质疑“失败是成功之母”的真伪性。其实倒也大可不必，没有任何真理是可以在任何情况下都适用的。别说生活欺骗了你，生活不会欺骗任何人，成功与失败并存，理想与现实交织，这才是真实。

把这陈词滥调的哲学翻出来扯这么多，其实无非是想说，别被宿命限制，别被名人名言羁绊，别让条条框框束缚，至于成功是否是失败的儿子，其实本身没有“神马”真伪对错。

如果你真是基督徒，你会在意人行善后能否真的上天堂吗？

失落的一代

——《平凡的世界》读后感

路遥的名字大家不会陌生，20 世纪 80 年代风靡全国的广播剧、电视剧也让人难以忘怀，甚至直至今日仍然影响着新一代的年轻人。一部《平凡的世界》洋洋洒洒一百余万字，如一部中国近现代大百科全书般，全景式地再现“文革”后期到改革开放，中国陕北农村的风貌历史、风土人情。二十多年过去仍能有着极大的历史影响力，不可不谓一本好书。

抱着览胜史诗般的心态去阅读，确为小说丰满的人物形象、波澜的故事情节深深吸引，击节叫好，无论对于农民、知青，抑或村委干部，甚至揽工、矿工的形象都拿捏得十分到位。善良热情、充满想法抱负的孙少平；勤劳正直、精明强干的孙少安；充满革命干劲却落伍得有些滑稽的孙玉亭；聪敏正直、心怀天下的晓霞……一个个充满特色的人物跃然纸上，让读者伴着各色小人物的悲喜苦乐，仿佛触摸到了那个动荡变化年代的沧桑历史。

少平和他的同学们生活在那个特殊的年代，和谐的秩序下是全面的混乱，鲜明的理想背后却是颠倒黑白。十年荒诞而奇异的时期，有的人丧失了名誉，有的人丧失了地位，他们丧失的却是最宝贵的青春年华。少安、润叶、少平、晓霞、养明、红梅、金波、润生，在浊流中，选择了自己的命运与归宿，经受着世事的考验与改变。然而，个人的命运翻覆或许简单，国家的重生与前行却显得举步维艰。丧钟为知青、为渴求知识的学子而鸣，那样有理想有抱负的青年就如同被遗忘的人一般躲在历史的角落里麻木、悲哀地守望。

路遥也许是乐观的，失落的人们没有忘记思考国家的命运。直刺真相的双眼勇敢地眺望远方，卑微的肩膀仿佛可以承载起时代的厚重，他们在自己的位置上挣扎反抗！少平依然走进了炼狱般的煤矿，少安揭开了承包责任制的曙光，晓霞、养民踏进了大学的学堂。平凡的世界里不平凡的暗流涌动激荡。他们也许没有知识，但是他们能够思考；他们也许没有地位，但是他们敢于奋斗闯荡！他们似乎失去了一切，但却从未丢掉“胆与魂”。

站在这史诗般的抗争面前，我黯然踌躇。任凭时光流转，黄土高原这神奇的土地千年未变，可那几十年前的人们却恍若隔世。也许，失落的不是他们，而是我们自己。

改革开放30年了，我们找回了许多，却又失去了很多。还有谁会在乎国家的命运，互联网上愤青、“爱国贼”们嬉笑怒骂冲淡一切我们理性思考的空间。还有谁会认真思考个人的前途与梦想，谁能像少平那样敢想敢干？谁能像晓霞一样敢爱敢恨？这是一个民族精神的、灵魂的匮乏与缺失，一片歌舞升平、繁华景象中却是少年们的麻木不仁、集体无意识，梦想成为一种很遥远的东西。

曾经的一代，他们没有知识，他们没有物质生活，却敢想敢干，在个人前途与国家命运的思考中，勇敢地追寻自己的路。30年后的一代，我们用知识武装了自己，过上了富足的物质生活，近视的眼睛就不再往前眺望，平静的心安逸地躺在狭小的胸膛，嘴角还常浮现一丝嘲笑逐梦者失败的轻蔑与彷徨。

喧闹的砖场，少安望着秀莲的遗像发呆，润叶推着向前消失在似曾相识的黄土路上，少平还在矿井下继续一天的繁忙……他们永远也不会懂得我们的保守、满足、自顾自，就像我们永远也读不懂他们的操劳、闯荡、奋斗是图个啥。

变味中秋

金秋九月，又是一年中秋。

这个节日向来是要吃月饼的，一家人围坐在桌前，头顶一轮皎洁的皓月，品尝一盘金黄酥软的月饼，倒真会有些温馨的味道。今年，天公不解风情将月隐藏也罢，食品安全的危机恐慌让品尝月饼似乎都变成了一种勇气的测试，那份曾经期盼无比的甜蜜都已变了味。

告别了幼时的那只馋虫，不食月饼倒也不觉有太多遗憾。可相似的年岁景致，那变味的又岂止是份简单的甜点？一年一度盼团圆，却再也找不回过去的那份温馨、那种感动。

世界上也许没有任何一个民族让节日在我们心目中的地位如此重，那是一种民族的情结。相比于欧美国家更多的是把节日当作一种消遣，“玩”字至上，传统佳节于中国人而言，有的则是一种团圆、相聚的意味。春节讲求一个合家欢乐，元宵讲求一个团团圆圆，中秋则讲求一个举家相聚。“每逢佳节倍思亲”，家人也好，朋友也好，故知也好，一个个特殊的日子就是我们思念和祝福的栖宿点。也许节日本身已不重要，那种彼此惦念、彼此真心记得的感觉才最让人痴醉。尽管远隔万水千山，头上共顶的一轮明月却将我们的心连在一起。

古人不见今时月，今月曾经照古人。幸与不幸，我们生存在了手机时代、互联网时代、微博时代，拇指跳动、鼠标轻点，精致的辞藻、华丽的祝福便可以以几何式的速度在社交圈中疯狂地蔓延。无论相隔多远，冰冷的信号都可以让阻隔消失在瞬间。只是同时略去的还有愁思和想念，一条微博，一条短信，一条留言，便似乎可以包含进全部的情感。不可否认，隔空的祝福能带来一瞬间的温暖，可那种快餐式的铭记却如水般寡淡。在冰冷还略带刺眼的屏幕面前，一切情感都显得苍白而变味。当东拼西凑来几句趣味的句子、轻轻点下群发时，一切关于中秋的美好想象和情感顷刻间便在那种跨越距离的方便中灰飞烟灭，留下的只是这个高科技时代中一个个科技奴隶麻木而脆弱的心。

也许有时，正是因为阻隔才产生美，升华美。那种见不到彼此的想念与心痛，才让月光有了那份独特的、浓浓的意味。当广寒宫被证明是冰冷荒芜的表面，当无数先进的通信工具将思念这种感觉从字典里除去，表面上的零距离却将心与心阻隔了万水千山。

忽而讪想，倘若“但愿人长久，千里共婵娟”在九百年前从东坡口中豁达而出时，他正收发着祝福短信、微博吐槽晒心情，将是一番多么令人“绝倒”的景致呵，那味道不知要在淡了多少倍后还填上几许搞笑的感觉。我们同情苏轼无法向思念的人传达自己的真心和情感，苏轼却笑我们已没有真心去传递。

微时代的微情感，伤不起的是我们自己。

灵魂在哪里

闲来无事，去电影院中选择了用视觉盛宴解解乏。遗憾错过了脑力硬科幻之作《源代码》，无奈只好向《美国队长》就范。尽管改编自著名漫画，并拍出了一定的清新科幻怀旧风，影片还是难逃烂俗本色，薄弱的剧情，狗血的结局，3D 的效果也非常一般，实在不能算是让人眼前一亮。

可就是这样一部普通到庸俗的影片，却引发了我更多深层次的思考，关于风格，关于灵魂。

影片讲述的无非是一个矮小瘦弱的小青年通过一种血清变身成为虎背熊腰的美国大兵，以个人英雄主义的方式，以己之力改变战局、拯救世界的故事。这其实是美国电影惯用的套路，有着深深的美式英雄观念风格。《第一滴血》诠释了硬汉，《勇敢的心》诠释了自由，《泰坦尼克号》诠释了爱情，《指环王》诠释了史诗……你可以说那些孤胆英雄、个人英雄主义遥远而不切实际，但你却不能否认那些电影却是美国人精神的体现，那是“美国梦”的精髓，一部部应时而生的电影就是美国人无比鲜明灵魂的体现。那种一下就能让人感知到的风格之美，才是电影这门艺术的生命所在。

好莱坞为什么能取得那么大的成功，就是因为它在商业与艺术之间找到了一个完美的平衡点。在能叫好叫座的同时，詹姆斯·卡梅隆可以把电影拍得壮丽宏大，诺兰兄弟可以把电影拍成头脑风暴，彼得杰克逊可以祭出一部部厚重感历史感并存的史诗之作，大师们的作品就如同拥有生命一般，有着鲜明的灵魂和风格，电影艺术就是他们的追求，他们的信仰……而反观中国电影，要么找一些偶像明星甚至都不太会演戏的新人靠粉丝大赚一笔，要么以献礼为名招揽众星拍摄一些主旋律影片刷票房，我真搞不懂这样的电影有什么风格、灵魂可言，电影终归是门艺术，层出不穷的口水片、脑残片、幻灯片、献礼片简直就是对艺术的亵渎。

在中国，又岂止是电影缺乏特色，没有风格和灵魂？

看看已沦为笑柄的国足，德国强盛的时候我们不管不顾黄种人身体特点要学德国，国米、荷兰的打法尝到了甜头我们又要学踢防守反击，巴萨、西班牙以最先进的技术理念震惊世界，我们又要学地面短传式渗透。被我们嘲笑了半个世纪的“小日本”早就凭借他们坚持的技术与风格称霸亚洲、走向世界了，起步不知比我们晚多少的韩国也已凭借跑不死的体能和顽强的意志让“太极虎”扬名一方。我们却依旧找不到自己的风格和定位，一只失魂的球队，学到最后，要身体没有，要技术没有，要体能还没有，直接回归“后场边路开大脚年代”，在“教练下课”、“球队解散”的呼声中继续惨不忍睹地表现，永远让你失望，这是我们唯一的特色。

再看教育。纵观世界各大知名学府，学术第一是哈佛，严谨求实是耶鲁，绝对精确是麻省理工，自由张扬是哥伦比亚，有的在科研成果上独步全球，有的在创新实践上独树一帜，各具特色，独领风骚。我们的大学呢？很遗憾，没有特色，方才是我们高校最大的特色。

……

我们这个民族可能真的缺失很久了，在千年封建思想的压迫后，肉体的解放并没有带来灵魂的彻底解放与升华。甚至原来这个民族骨子里的一切都在一天天逝去。说了这么多各个领域的不好，也无非是想让它变得更好。也许我们的国家是一颗冉冉升起的新星，也许我们所有人都充满了朝气和活力，也许我们在大踏步向前去揭开新时代的神圣篇章，但如果我们没有自己的风格，自己的特点，找不到自己的定位，我们终即是一个没有灵魂的民族。

找不到一个自己异于外界存在的理由，即使外表再华丽，也终将是浮云。

纯电影角度品读《金陵十三钗》

先有十亿票房底线的豪言目标，后有强制影院加价的传闻风波，国际导演执导，国际影星加盟的六亿巨制《金陵十三钗》可谓做足宣传攻势，赚足眼球噱头。向来语出惊人的张伟平就差把去不去影院看《金陵十三钗》上升为“爱不爱国”、“有没有人性”的高度了。在这样的“压力”下，我乖乖就范。

讲这部电影之前，我想先聊聊导演张艺谋，这个曾拍出过《活着》这样级别的导演，华语电影界公认的大师级人物。2008 年一部举世瞩目的奥运会开幕式让他声望达到顶峰，升入神坛，很快，他便又用一部纯糟蹋式的《三枪拍案惊奇》给自己降温，中间陆续有《图兰朵》歌剧练手，尝试《山楂树之恋》这种纯爱题材，一切的一切，现在看来，不过都是为这部《金陵十三钗》蓄势准备。

说《金陵十三钗》是张导的诚意之作，确实毫不为过。二张为了这部影片可谓处心积虑，野心勃勃。演员启用的是好莱坞巨星贝尔，剧本用的是旅美作家严歌苓的小说，片中对白有超过一半是英文，尽管背景还是中国，讲述的完全是一个典型的美式故事。有过《卧虎藏龙》这样的成功范例，也有《霸王别姬》的失之交臂，很清楚美国人想要什么样的张艺谋，“冲奥”之心昭然若揭。

其实，从某种意义上说，这部电影确实是聚齐了一部好电影所需要的大部分要素的。宏大厚重的历史背景，独特新颖的视角切入，永不过时的救赎题材，还有一定深度的情节保证。相较于同类题材过于简单粗暴地直指救亡图存的主题，本片着力于对小人物的刻画就显得独具匠心。无论是曾经那个沉迷酒色的混混二流子入殓师，抑或是卑微下流的风尘女子，尽管最终他们完成了救赎，在刻画上却又都避免了中国电影人习惯的将主角向高、大、全式英雄脸谱化的通病。而主题上，对于大屠杀这场人类善良天性与邪恶兽性碰撞的灾难，影片旨在表现拯救本身，那些象征美好的女学生就是要被拯救的对象，以李教官为首的军人在牺牲中拯救，十三位风尘女子在觉醒后拯救，目睹这一切，入殓师完成最终的拯救，而同时，他们也完成了对自我灵魂的拯救。尽管曾经卑微，但最终被战争唤醒了人性的光辉，这样的题材真可谓完美、典型，处处吃香。

然而，遗憾的是，并不是凑齐了所有好电影的要素就能拍出一部好电影的。大屠杀背景的选择成就了这部好电影，却也是这部电影最大的失败之处。七十多年前那场人类史上最黑暗的灾难实在太过沉重而令人窒息，不是每一位导演都能轻松驾驭好这样的题材。如果不带着一种历史观去回看这段血色岁月，就不可能将任何一个主题展现得淋漓尽致。张导似乎刻意避开了对历史的思考与感悟，而全力着重于表现人性。可惜用细节来表现人性实在不是以拍大场面，注重视觉美感著称的张艺谋的长处所在，对比于同样选材独特，同样反映战争英雄的罗曼·波兰斯基的作品《钢琴家》，本片就显得生硬做作，诚意不足。聚齐了好剧本、好题材、好演员，张导却没有做到电影的终极目标，那就是讲好一个故事。将近三小时的片长里，故事缺乏一种自然的说服力，许多情节给人感觉是为了发生而发生。最终结果就是导致整部影片表现手法很多，比较富有表现力，却从根本上缺失了一种直击人心的感染力，观众看完后的沉重压抑多来自那场让中国人刻骨铭心的灾难的触动，而非这部电影本身。

严歌苓小说的成功之处在于选择了苦难与挣扎中女性的视角思考大屠杀下的人性，主题有所侧重。但张导却自作主张地去掉了这层侧重，妄图多角度、多层次地还原灾难中的人性。将所有表现方式运用到这一部电影中去。不料弄巧成拙，使影片中贯穿头尾的“日本兵蹂躏中国女性”显得过多，甚至有些荒谬，忽略了女性之于这个故事的意义，缺乏对女性内心情感的揣摩与表现，终致影片有些畸形别扭。

纵观本部影片，题材不宏不微，风格不中不洋，品味不雅不俗，画面精致却缺乏震撼力，情节连贯却不够紧凑深入，挖空心思去拍却显得诚意不足。简而言之，《金陵十三钗》虽绝不算烂片，但离成为经典也相距甚远。

郭敬明招惹了谁

《小时代3.0》震撼首发，洛阳纸贵。2011年作家富豪榜，该书作者再度蝉联榜首。同年签约天娱，娱作双栖。

他注定是这个时代的佼佼者，弄潮儿。嗯，郭敬明，或者还是叫他郭董事好，上海最世文化传播公司董事长。

有些事情永远来得那么莫名其妙。很难解释清楚为什么有的人挨了那么多骂，那么遭人反感，遭受高强度的攻击倒戈，依旧可以稳如泰山、炙手可热。很显然郭董事就属于这一类“金钟罩、铁布衫”型强人。

攻击郭敬明将中国社会各界名流精英有机地结合在了一起，没办法，这个人身上欠骂点太多，“奢侈炫富”、“娇嗔做作”、“抄袭门”……郭敬明逐渐变成了中国社会大考场的作文题，各路英豪八仙过海，各显神通，批判手段之高明，讽刺效果之完美，大有欲除之而后快的霸气和雄心。倒也难为了郭董事，前有一文坛老领袖鄙视看低，后有同代作家厌恶与之为伍，在这样舆论一边倒、前后夹击的险境中，依旧我行我素地晒着护肤心得，出席这个签字售书，走穴那个通告，版税收入、图书销量依旧一骑绝尘，拥趸的口水加在一起，依旧可以轻松淹死几倍“讨郭大军”。

这个世界，这个社会在很多时候是挺像阿甘口中的巧克力的，但也在某些时候，有些事儿是注定了的，郭董事，他注定会成功。能在如此多的明枪暗箭中屹立不倒，原因只可能有一个，这一切，都是在他计划范围之内的，仅此而已。虽然口口声声说自己永远是青春无敌美少男，八零后四爷的心智之成熟早已超出了N多骂他、损他的六零后、七零后，这个心思细腻到可怕的男人，真的倔到宁赔偿就是不道歉？真会幼稚到需要用晒护肤心得秀出自己的小资？真会欠揍到成天炫富纸醉金迷？郭董事，这个炒作天王，这个创业奇才，这个公关大师，他的手段太高明了，当所有人把他当八零后新锐作家耻笑来耻笑去时，郭董事潇洒地理了理自己的阿玛尼西装，“其实我是一名商人”。

其实，从某种意义上讲，郭敬明真的不该骂。首先他爹不是李刚，他没有靠拼爹上位，他有才华，更有头脑，他挣的钱都是靠努力得来的，中华人民共和国宪法里没有规定有了钱也不准买 Prada 的钱包，更没有规定洗脸不准分八个步骤进行。

众人的骂点既然不过是四爷一次又一次计划内的交手过招，众人可以是屁民，但众人不是傻子，当“炒作”这项技术被娴熟地运用到中国社会各个领域的今天，没有人会傻到看不懂。但众人还是要骂，为什么？道理同样简单，骂郭敬明，就是占据了道义上的制高点。当社会需要八零后爱国青年谈民主、说革命、要自由时，你小子却在给我思考包包使用 LV 还是爱马仕的 Birkin，不骂你骂谁啊!？远离小家子气的郭敬明，才是有胸襟，有抱负的青年人该做的。

……（一身冷汗，背后寒气袭来）

这是郭的悲哀，抑或是别的谁的悲哀?!

我们看到的四爷是一位演员，他时不时演一些令人恶心的戏。但那些假装是观众其实演得更卖力的人更让人恶心。每个人将心照不宣的东西说出来就是罪大恶极？每个人将心里真实的意愿表达出来就是道德败坏？曾经也有个人是这么想的罢，他的名字叫朱熹。

郭董事恐怕是真性情过一次的，我记得他曾说过，“在上海这座城市生存，我不这样做，它就会把我吃得一根骨头不剩”。

浦东的夜色很美罢，真实的美。

这世界需要你

炎炎烈日下，是谁不辞辛劳地做着一切服务的工作，为奥运、世博的成功举办默默贡献着自己的青春与汗水？是你。

贫困落后的非洲，是谁在贫民窟中冒着被传染的危险与艾滋病儿童一起生活，给予他们最无私的帮助与关怀？又是你。

偏远荒芜的山沟里，是谁在极其艰苦单调的环境中用自己的青春去换取山区儿童受教育的希望与梦想？还是你。

你有一个美丽而充满热情的名字——志愿者。

在这个物欲横流的时代，你的出现本身就是一个奇迹。当华尔街的高管贪婪地将政府的救济金分作年终奖金时；当贪官污吏们动辄挪用千万公款损害国家利益时；当劳资谈判时双方为了各自的一点利益就撕破脸皮闹罢工时……你，却可以不要一分一毫的报酬，毫无保留地伸出自己的双手，奉献自己的一切。沧海横流，方显英雄本色，你用无私奉献诠释了人性本善的真谛。

也许你有时也会迷茫与犹豫吧。当戴妃在消过毒后一尘不染的医院拥抱传染病人时，她就被竞相传颂为闪耀着最伟大的母性光辉。而你，在没有任何医疗保障的情况下，去救助各类传染病人，却没有人称赞你的伟大，甚至连你的名字都被人轻易地忘却。你默默地做了这一切，却又迅速消失在人海中，成了喧嚣市井中普通的一员。也许你有时也渴望被赞扬，哪怕只是一声谢谢。可即使真的被遗忘，当国家的利益、公民的责任需要你时，当看到需要帮助的人的一张张热切的脸时，你又义无反顾、毫不犹豫地走向他们。

这世界真的需要你！

谁能想象，没有你，奥运、世博就不会办得举世瞩目、惊天动地。

谁能想象，没有你，多少第三世界的孩子就将生活在贫穷、疾病、饥饿的恐惧之中。

谁能想象，没有你，有多少山区留守儿童将永远生活在文盲的黑暗世界之中。

你用帮助诠释无私，用工作响应责任，用奉献实现价值。也许没有庸人自扰的利益回报，可一次次成功举办的盛会，一张张灿烂洋溢的笑脸即是对你们最真诚的回馈。

每一个处在困难之中的人需要你！蒸蒸日上的华夏之邦需要你！最美的人类世界需要你！

也许你的名字会迅速被遗忘，可志愿者的称号会闪烁着永不褪色的光辉！

剧变之思：东欧启示录

——写在读过《从东欧到新欧洲》之后

相对于杨先生嬉笑怒骂的《黑眼睛看世界》，金雁女士的这本《从东欧到新欧洲》显然更加平实学术，作者以其细腻而不是恢弘的笔调系统地描绘了转轨前后的东欧万象，更深层的，自然还包含一层对剧变的思考。

诚如作者所言，也许是因为东欧并无什么真正的绝对大国，中国人对于东欧实际上还是非常的陌生抑或是媒体的回避与片面报道，东欧呈现在国人眼前的，更多的时候是一个模糊而扭曲的镜像。毕竟曾同为社会主义阵营国家的盟友，这确乎有些荒唐与悲哀。难能可贵的是，作为研究东欧历史方面的专家，金雁女士能以一份学者的绝对严谨和毫无偏见与政治诉求的态度，还原了一个真实的转轨下的东欧，抑或说是新欧洲，实乃读者之幸事。

思绪伴随着文字飘向那遥远的东欧，东、西方文明的交叉口。不难想象，黄昏中，在布拉格街头找一家波西米亚风格的咖啡馆细啐慢饮定是一件极惬意的事情。而站在那斑驳阑珊的柏林墙旧址前，想必一幕幕有关笑与泪的史诗也定会浮现脑海。还有那一幢幢哥特式、巴洛克式建筑错落有致，映入眼帘，细细聆听，仿佛也在诉说着一段段埋葬的历史。静谧的乡村，斑驳的古城，精致的铜像，掠景东欧，这里的确散发着无尽人文的意蕴和魅力。

从地缘政治学的角度，倒是容易把东欧的经济、社会、政治归为一类，放在一起讨论思辨，而作者显然是跳出了这一层思想桎梏。在作者眼中，东欧诸国的蹉跎与变迁，存在相似，却又不尽相同。从作者严谨而又不失温情的描述中，我们领略到了捷克的细致、一丝不苟，感受到了波兰民族之魂的坚韧与不屈，改革之路也许曲折，但绝对值得我们钦佩、祝福与借鉴。而对于苏共对独联体内国家的压制与肃反清洗，我们又能清楚地感受到作者的批判与控诉。勤劳勇敢、追求自由民主的人民，让人痴醉的东欧景致，就在这种奇异荒唐的压制下，挣扎迷惘，风雨飘摇，无不令人扼腕。

没有人会忘记纳吉、哥穆尔卡的功绩，就像同样没有人会忘记斯大林、米洛舍维奇的错误。但一切过去的苦乐悲欢，进退得失，终究还是会如同倒塌的柏林墙一般，湮没在历史的尘埃中。转轨二十年，也许有太多的弯路和挫折，但最终还是转上了正轨。

全书的涉猎确是十分广泛，从政治经济，谈到思想文化，实乃鸿篇巨制，而对其中的一段叙述，我尤为印象深刻。金老师在谈到捷克这个国家后，做出一段对比：东欧人民的衡量标准是把一切统计数字和老欧洲作对比，看改革后的效果达到了老欧洲的多少，而我们的统计结果则是跟1949年以前做对比。个中差异，一看便知。

放大别人的优点与自我的错误，这是东欧留下的宝贵启示，我想我们也是该从中明白些什么。

书写传奇　豪气万丈

连续五场场均数据“26+8”，带领水深火热的尼克斯掠下五连胜，在篮球界的圣地麦加麦迪逊广场花园获得挑剔的纽约球迷山呼海啸的“M-V-P”助威声，做到这一切的，不是“甜瓜”安东尼，不是小霸王斯塔德迈尔，而是一位选秀大会名落孙山、连一份保障合同都没有的二年级华裔控卫，林书豪。

拥有华尔街，拥有百老汇，拥有自由女神像的苹果城纽约果真是奇迹之地，前些天举世瞩目的“超级碗”决赛刚刚落下帷幕，来自纽约的巨人队就用一场不可思议的惊天逆转成为史上战绩最差的超级碗冠军；而现在，又是一个被所有人看低，徘徊在联盟边缘的“饮水机管理员”林书豪，用自己无可挑剔的表现成了这个城市的英雄和救星，更征服了整个全联盟。在这个充满寒意的冬天，姚明早已黯然退役，摸爬滚打了四年的易建联也依旧迟迟不开窍，难受重用。而此时，黑眼睛、黄皮肤的亚裔林书豪的横空出世就让我们感到尤为振奋。国内的媒体网络已经开始为他疯狂，全世界华人也一同为他的表现发自内心地骄傲。不过，抛开民族因素不谈，林书豪毕竟作为一个地地道道的美国人，他本身的经历也确实称得上是一个传奇的励志故事。

如果说哈佛大学在学术上全美首屈一指，那么这里的篮球水准就实在是与之相距甚远。凭着优秀的学业成绩考上哈佛的林书豪的篮球生涯也就注定要蒙上一层暗淡的阴影。其实，他何尝不想申请那些篮球名校，只是他那黄种人的身份让所有校队都怀疑他的身体素质和运动天赋，无奈之下，他方才接受了哈佛抛来的橄榄枝。

有时，天才的成长并不需要沃土，在哈佛这个篮球贫瘠的土地上，林书豪还是打出了前所未有的表现。他砍瓜切菜般刷新了校史一项又一项纪录的同时，更历史性地率领哈佛篮球队杀进 NCAA 六十四强。毫无争议地成为了校队历史上的传奇人物。时至大四，拥有哈佛经济学学士学位的他却从未考虑要在华尔街找一份高薪的工作，他的目标只有一个——NBA。

然而，彼时，被林书豪的表现征服的人中应当还是不包括那些NBA球探的。在强手如林，身体对抗如肉搏般激烈的NBA赛场，所有人都怀疑这个没有身高优势的黄种人是否能适应赛场。选秀大会上的无人问津必定给了这个踌躇满志的年轻人当头一棒。而被勇士、火箭先后抛弃的打击似乎预示着他惨淡的前景。当尼克斯队抱着试一试的态度给了他一份十天的打工合同时，依旧没有人相信他能有所作为。甚至在他爆发的这些天，晚上依旧只能借宿在队友家的沙发上。

然而，一切的挫折和不屑都没能动摇他的决心，不受重用的艰苦等待中，他还是选择了坚持。他拒绝了包括CBA在内的多个联赛抛出的橄榄枝，只想留在NBA，等待着作为金子的被发掘。

最终，像一个老套的电影结局般，命运女神开始垂青他。当德安东尼面对眼前惨淡的战绩、缺兵少将的用人形势时，无奈而又大胆地选择了打出林书豪这张牌。就此，神奇的个人表演即将开启，面对德隆、哈里斯、沃尔、卢比在内的明星控卫，林书豪不落下风，打出了远超自己身价的全明星级表现。突破上篮、急停跳投，甚至是滑翔劈扣，进攻手段面面俱到。而作为控卫一职，他又穿针引线，运筹帷幄，出色地完成了自己作为球队大脑的角色。更难能可贵的是，在多名主力缺阵的情况下，他以球队领袖的身份带领挣扎中的尼克斯走出颓势，豪取五连胜。于是我们看到，在诞生过无数传奇的麦迪逊，全美最挑剔的纽约球迷并不是把山呼海啸的“M－V－P”呼喊声留给屡次在这里创造奇迹的科比，而是送给了这颗冉冉升起的新星，林书豪！

“他绝不是一夜成名，看他打球就知道他一直很刻苦……”失利的科比也许有些恼怒但还是给出了中肯的评价。而林书豪在赢得比赛的同时更赢得了所有人的尊重。没错，他绝不是撞大运的幸运儿，他遭受的挫折和挑战可能比我们想象得还要多。在无名中悄然前进，在等待中默默坚守，机会才最终青睐于这个有准备的年轻人。

尽管都已经登上了“时代”杂志封面，尽管受到了来自全美乃至全世界的关注，林书豪还是像个大男孩一般不太习惯成为焦点。依旧青涩地接受记者的采访，依旧雷打不动地坚持自己的训练。

我们不知道林书豪的神奇还能疯狂多久，但有一点是肯定的——林书豪已经有了自己的故事，一个关于青春、关于梦想、关于奋斗的故事！

温文的确尔雅

——写在温家宝南开中学讲话之后

曾经听人说，总理，是人民的总理。从让联合国都可以为其降半旗的周恩来，到拉动国民经济迅速增长的朱镕基，再到如今的温家宝。相较于国家主席作为国家最高元首权力顶端的象征地位，总理传承似的与民生、民权、民事、民心紧密联系在一起，多了份温情，少了份距离。

温家宝又绝对可以算上其中很特别的一个。他遇上了最好的时代，21世纪的中国，机遇与挑战并存，全球化浪潮尚未消退，加入WTO、奥运、世博成功举办，经济腾飞，国际地位大幅提升，俨然让这个沉睡了百年的文明古国焕发出了新的活力。而这也是最坏的时代，天灾无情，汶川、玉树、舟曲震撼神州，人祸不断，次贷危机、地产泡沫接踵打击，当食品安全问题都可以闹到让政府公信力丧失，当时时刻刻都要面对互联网时代全球最挑剔的网民，不难想象，总理的每一步都必定举步维艰。

站在这样的背景下，对于总理的讲话便似乎可以有新的理解。如果说奥巴马《我父辈的梦想》勾勒出的是非裔对美国梦的追寻与探求，那么总理的讲话追忆的就是“生在解放前、长在红旗下”，从“文革”走到改革开放的那一代中国人的挣扎与奋起，总理平静的讲述并不显得极度感人与惊天动地，却多了份贴近真实的温情与感性。

其实评述政治人物的文字总有些难度，很难跳出其行政身份的桎梏。作为拥有至高地位的权利符号，很难真实客观地还原他的一切事实与真相，他的一切个人行为都注定要被蒙上一层行政的色彩。其实这也是总理本身讲话的一种难度，无论怎样试图还原根本，都难逃“作秀”的帽子。但其实，无论是元首也好，领袖也好，归根究底也还是公民本身，站在一个国民对国家未来兴旺责任的角度和风华正茂的高中生促膝谈心，总理朴实而真挚的殷切希望也竟能读出一种感人的意味。

改革开放的浪潮是把双刃剑，既将中国推向了世界，进入了经济超高速发展的快车道，却也同时开启了文化交融的杂交淘汰，当西方的意识形态逐渐渗入我们生活的每一个角落，我们似乎缺乏的就是一种民族认同感。当我们用着“苹果”手机，听着欧美流行金曲，吃着KFC时，我们是否已忘了生我们养我们的这片土地。国家者，我们的国家，天下者，我们的天下，这不仅仅是南开中学学子们的责任，这更是全球华夏儿女们的使命与荣光。青年兴则国兴，青年强则国强。从梁任公的《少年中国说》到毛润之的《恰同学少年》，历史的长河将国家兴亡的结点串联在了一起，我们的梦想，我们的灵魂，伴随着总理古稀的手指向前方，那即是我们国家民族的伟大复兴之路。

总理说，中国的问题还有很多，中国的社会还有失公平。

但总理也说，即使出身贫寒，奋斗也可以让任何人成就梦想。

这是中国梦，中国梦在，中国就有希望！

路　过

有时，人生并不只追求拥有，也许只是在最美好的年华里曾邂逅一次让人难忘、沉醉的美，即可以是最大的幸福吧——

哪怕只是一次路过。

他，是风一样的男子，风流倜傥，才情动人。在充满古典韵味的异国他乡，他穿黑色学袍做虔诚晚祷，撑一支长篙寻觅波光艳影里的水草。在康河柔波的映衬下，他路过了让他一辈子都忘不掉的女子。

她，是人间四月天，美貌倾国倾城，如水般的灵气更是婉约动人。这次路过，也让名门之后、大家闺秀的她心里泛起一丝难得的涟漪。

她倾慕他的才华，他迷恋她的气质。

在那张谁都忘不了的有些泛黄的老旧照片中，曾有他们风华绝代的合影，中间的东方诗圣鹤发童颜、仙风道骨，彼时彼刻，竟也成了自己的诗中，横亘在他们之间的“世界上最遥远的距离”。至此，青葱岁月，豆蔻年华，也永远定格在了时空中最短暂的一瞬，他们一生的交集也仅仅停留在可惜的路上。

他只知她若安好，便是晴天。

她却不知道他的风往哪个方向吹。

然而，可惜，却并不可悲。

转身离开，让他的“路过”成就了自己的随性与洒脱，一身诗意，氤氲在万米高空的风中。

而她的放手，也让这次“路过”成全了自己的幸福。如风般陨落，他也注定不是自己值得依托的归宿。

时光荏苒，一切的一切早已飘散在了风中，只有一点是肯定的，林徽因一辈子一定曾爱过徐志摩这个男人。尽管只是路过——

但他们之间的纯爱往事注定也将成为千古绝唱，永留世人心间。

世人总还会为此感到惋惜。正如我们总会为擦肩错过而不胜唏嘘，为不能拥有而怅然若失，但谁说路过，就一定是一出悲剧呢。

相遇有时是孽缘，拥有有时是负累。也许人生，需要那么一些轰轰烈烈，为爱痴狂。但曲终人散时，最让人怀念的还是那轻柔恬淡、蜻蜓点水般的路过。

徐志摩也许还亏欠张幼仪，也许还深爱陆小曼，但没有一人能像林徽因那般触动他的心弦——

只是简单的路过，此生足矣。

挥一挥手，谁也带不走一片云彩。

最冷一天

历史在那一天默默凝固。

1967 年 4 月 29 日，想必是个阴冷的日子。阴云密布的上海在那一刻颤栗，一颗收费五毛的子弹带走了林昭年轻的生命。三十岁的一腔热血在默默无声中被彻底冰冻。这也许只是一场寂静毁灭暗流中不起眼的一次逝去，却又显得是那么鲜红而刺眼。

平反的进程似一场黑色幽默式的闹剧，从患精神病的鉴定无罪到十数年后的“被恢复正常”，真想在遮遮掩掩的披露中被彻底遗忘。而彼时的我，便只能在正史外的边角料中探求一个剪影般的真相。

明媚的春光早已重暖大地。

在一个奇异的悲歌年代林昭选择了站在微茫的真相一边，却也被历史的滚滚车轮所离弃，难以想象彼刻坚守自己的内心是一件需要多大勇气才能做到的事情，一个弱女子，却担下了这生命难以承受之重。浮现在脑海里的必定是也许并无太大瓜葛的刘和珍君，这鲁迅笔下临难竟能如此从容的中国女性，让历史一次又一次惊人相似地上演。然而一个民族最大的悲哀，莫不正是将家国之痛生生压在那弱女子肩头?!

说来，历史确乎是爱注定那相似的命运。

时光倒回三百多年前，公元 1645 年闰六月二十一日，一个风雨飘摇、名存实亡的大明摇摇欲坠。而彼刻，顽抗清军死守江阴、喋血孤城八十一天最终弹尽粮绝，以身殉国的，不是袁崇焕，不是史可法，不是任何名垂青史的王侯将相，确是阎应元这个小小的典吏。天塌下来，顶住国家危亡之殇的竟然是个被遗忘的无名小卒。

上天必定在此刻恸哭。阴冷的寒风却又将一切吹尽，空留一片寂静，一个默然的江阴。

朝代的更迭仍在继续。

面对惨淡的人生，林昭们、阎应元们选择了慷慨赴死，这当然是猛士。可那一地淋漓的鲜血呢，又有谁去正视。我们歌颂伟大的时代，歌颂历史的功德，却选择性地遗忘历史的牺牲者们，殉道者们。他们的身影在历史的长河中怅然隐去，残忍而美丽。

我们不去回看，不去正视，因为历史有罪，人无罪。这样就能把一切人性中的“恶”归咎于一个时代，也就无所谓忏悔，无所谓救赎。这即是我们在最冷一天后心安理得地迎接新一天阳光的最好方式吧。

最冷一天，无言之痛。

游园惊梦，燕园印象

——写在 PKUNMUN2012 教师会议之后

金秋十月，秋意方兴未浓，伴随着飒爽的和风，北京大学全国中学生模拟联合国大会教师会议暨领袖峰会在古老而现代的帝都北京悄然召开。在我校模联正常开展活动一年多的基础上，我和高二历史老师、模联指导教师任杰共同奔赴了这一场青年领袖的盛宴，也同时亲历了中国千万莘莘学子梦想中的最高学府——北京大学。

模拟联合国这项培养青年领袖的活动起源于 20 世纪 40 年代的哈佛大学，一群充满朝气、锐意进取的学生领袖用他们独特的眼光、包容世界的胸襟思考世界、表达观点，最终走向卓越。60 多年过去了，模联的活动已经在世界范围内普及与发展。而在遥远的东方，在 21 世纪吐故纳新、走向世界的中国，北京大学，毫无疑问地成了它最合适的落脚点与新生地，这项拥有悠久历史又在新时代被赋予新的意义的活动也正就与古老与现代并存的北大的气质不谋而合，相得益彰。模联鼓励每一个青年学子胸怀天下、放眼世界。而北大也以他广阔的胸襟、包容的气度任由来自五湖四海、世界各地、不同民族、不同人种的学子在这里驰骋遨游，探寻学术的新天地。行走在偌大的燕园，不同肤色的人们，无时无刻不进行着思想的交汇、文化的交流。当模联遭遇北大，二者的激情碰撞，擦出的是智慧的火花，青春的狂想曲！

然而，北大的激情也好，睿智也罢，更多的，北大给人的是一种安静而深沉的气质。广阔的校园里，行人来往不断，车如流水马如龙，却丝毫不给人以拥挤与喧闹之感，反倒是一种高效与有序。虽然贵为誉满全球的最高学府，北大的校门却低调得让人为之一惊，没有拔地三丈的牌匾巨门，亦没有恢宏华丽的烫金大字，更没有高大厚实的森严围墙，只是简约到极致的小门隐匿在闹市街区中。可也就是在这一扇古旧小门之中，却坐落着最现代的教学设备，最先进的实验室，拥有最先进思想的人。可能这也是北大最深谙的象牙塔之道吧。夜晚再次路过校园静谧的西门，没有灯火通明的夜市，也无校园旁典型的中国式小吃街、大排档，更没有喧哗吵闹，流连结对的学生。属于北大的只有让人陶醉的安宁与祥和。让人不得不感叹，坐拥本城最繁华地段的北大，丝毫没有沾染一丝世俗的尘嚣与浮华，这里只有美丽的未名湖，古朴的博雅塔，以及中国最神圣的学术圣地。

北大固然拥有最适合的学习环境，然而聚集中国最顶尖的优秀学子才是他的灵魂与本质。在模联的会场中，我们就见识了北大的卓越与领袖气质。能言善辩，针锋相对，当仁不让，舍我其谁，青年的朝气与活力在他们身上一览无余。然而，到了图书馆、到了食堂，他们又如同换了一个人一般，连说话都轻言轻语，一辆单车，一个背包，穿行在校园里，很快便消失在人群中。也许这才是真正的张弛有度，该出彩时即能振臂一呼，勇敢大声地说出自己的观点；而平常又能低调做人，绝不高傲自负、目中无人。不愧为学子的最高境界。在美丽的北大校园里，帅哥云集，美女如云，俊男靓女们打扮入时，绝对潮流，完全不是只读死书的书呆子形象，却又绝对有别于那种颓废的嬉皮士风格。更多地给人一种书卷气的魅力与气场。也许有人批判北大浮躁，不能沉下心来做学术，可我要说的是，也正是这种躁动，不安分的年轻人才真正将成为社会的主流，成为国家筑梦的栋梁！

两天的燕园之行显得慌忙而急促，可北大的自由、开放、进取、博爱的风气却已足够影响和感染在这里学习、生活甚至只是路过的人。作为一个正在拼搏、奋斗的学子，在北大神圣的象牙塔面前，不可不谓心潮澎湃，热血沸腾。

青春的心绪在这里翻飞，年轻的梦想在彼岸起航，少年梦，北大梦！北大梦，中国梦！

此生，足矣

——写在读过于娟《此生未完成》之后

严格地说，这不能算是一篇读后感。回忆录式的文字立体地让一个活生生的人的侧影跃然纸上，与其说是感于这本书，倒莫如说是感于这个人。

起先说起来是从心里有些抵触读这本书的：一个悲情的故事，总让人有些担心作者会否以同样悲苦的笔调，苦难式地赚取人们的眼泪和同情。然而，当我带着悲痛一口气读完，默默地合上书后，我却要满怀敬意与歉意向这个已身在天堂的女人深深鞠上一躬。一个坚强的斗士，一个勇敢的才女，原谅我在这里又开始庸俗地给于娟贴标签。

她曾经也是一个幸运的女孩。复旦高材生，海归博士，拥有一个让人羡慕的工作，一个幸福的三口之家。然而这一切上帝的眷顾在如今看来显得是那么的苍白无力。一张癌症晚期的通知单打破了一切原来的美好和宁静，从确诊到离世，她总共活了一年零四个月。

在风华正茂时接到死亡通知单，人生最不幸的事恐怕莫过于此。但在于娟的文字里，我读不到哪怕一丝一毫死亡来临前的哀伤与绝望，字里行间，充满幽默与戏谑的文字让人错觉这分明不可能是一个生命垂危，每天经历着刺骨切肤之痛的人的文字，倒像是出自无忧无虑、大大咧咧的青春少女之手。看那张牙舞爪的病魔来袭，却又忍不住为她那俏皮的文字逗笑，只是笑着笑着，便有一滴泪落。

我能感觉得到，于娟其实从未看透生死。她的豁达与乐观绝不来自对生死红尘的超然物外，而是源自她对生命的无限眷恋和无比热爱。这里，有和她相濡以沫的知心爱人，有最需要她疼爱的宝贝儿子，有年事已高的慈蔼双亲，更有让她醉心的环保事业……她所爱的一切让她是多么不想撒手离去。她渴望活着，哪怕艰辛琐碎，哪怕寡淡如水，所以只要有一丝渺茫的希望，她也愿意忍受巨大的折磨和摧残去尝试。然而一切的努力还是徒劳无功，没能挽回她哪怕多一天的生命，让人留下“苍天无眼”的感叹。

于娟是勇敢的，在冷酷无情的死神面前，她从未低头，更从未被打垮，哪怕自己的生命之火已经燃到尽头，她也愿意用这微弱的光去照亮别人。用近乎与自己无关的理性态度去审视自己的病症，用自己的生命去教训，去做后人的警示录。对一个挣扎在病痛中的人来说，这是一件多么痛苦、残忍、令人不堪回首的事。然而，于娟却做得那么的从容。诚如她自己所说“哪怕只有一个人受益，这就也是我的价值”。一颗勇敢的心，让这个看似瘦弱的小女子身上拥有一种让人肃然起敬的强大力量。

她是贤妻良母，她是抗癌斗士，她是高知才女，但归根究底，她是一个善良的人，一个好人，一个充满正能量的好人！

流星划过天际，光芒璀璨，却短暂的让人惋惜。

但其实不可惜，虽然短暂，但毕竟曾闪耀过。

此生，足矣。

心里告急！存在感严重缺失

最近刚看了一部电影《盗梦空间》，大导演克里斯托弗·诺兰的脑力巅峰之作，怪有味道的。片中的很多桥段都是人物在怀疑、分辨自己是在梦境还是在现实。场景游走、变换在真实与虚无之间，颇堪玩味。

很显然，我暂且不会像影片中那样怀疑自己是否在梦中，但我也很纠结，纠结于一种存在感，一种存在的意义。

这是一个很难说清楚的问题，它需要一个时代背景做铺垫。毫无疑问，这是一个信息爆炸到泛滥的时代。互联网、手机等改变了我们的生活，偶然与必然间，也改变了我们的思维。

没有多少人再去思考、研究，搜索引擎可以解决我们可能遇到的任何问题；没有人再愿意用语言去交流，甚至写信，各种先进的通信工具代替了一切；没有人再愿意去社交场合放松，“宅”成了最受欢迎的生活方式。大街小巷间，公交车站旁，地铁坐上，行色匆匆的人们，一个个或许都正用智能手机联系着业务，“滴滴答答”地进行着Q聊，或者就是用一条又一条的微博晒心情、秀自己。无论脸上写的是疲惫还是轻松，愤懑或是欢愉，都掩饰不住那种跨越时空，在虚拟的世界冲浪的快感。但，现实中，哪怕是挤到摩肩接踵，川流不息的人群也都像永不交汇的两条平行线，绝不会有任何交点。

多么绚丽多彩而又丰富的现实城市画卷呀！

忙碌中，我们追寻一种另类的自由，或者说，干脆就是在虚拟的世界中找寻一种逃避现实的慰藉。

至于存在感，可能就当是一种外界对自己的需求而存在，而那种需求本身可能就只是一种意淫。当静下心来，聆听自己的声音时，可能得到的就是“寂寞”，时下很流行的一个词，或者干脆说，是一种虚无。

你是为谁而活，没有谁说得清楚，但你我心里都明白……

视　线

站在十米高的阳台上，你的视线只能企及周围不大的院落小区，而站在200米高的瞭望塔上，你的视线即可将小半个城市尽收眼底。只是，前者的高度可以让你把人的脸庞都端详得清清楚楚，而选择后者，你看到的只是缩到模型般大小、概念式的建筑物。

——题记

100分的地理试卷摊在桌子上显得炫耀而引人瞩目，可当我无聊地旋转地球仪，手指停在“圣多美和普林西比”这行小字边上时，我才第一次知道地球上原来还有这个国家。

班主任、团支书、党支书、校长……的名字我记得一清二楚，而随意翻开一份时报、周刊，一个个动辄影响全球、声震寰宇的政界精英、金融巨子的名字却显得陌生而毫无瓜葛。

汶川地震过去三年了，当初的默哀演讲稿似乎都还能背出来，四川的一个个县级地名也依旧历历在目。可灾难降临在智利、海地、日本，除了记忆模糊的发生地点和冷冰冰的伤亡数字，一无所知。

鲁迅说，无数远方的人和远方的事与我有关。诚然，这是一个匹夫有责的、胸怀天下的、指点江山的积极想法。21世纪牵一发而动全身的全球化时代，也的确存在客观与潜在的条件。可即使这样，事实却依旧是，大部分远方的人和远方的事与我们无关。任凭世界瞬息万变，任凭南美的蝴蝶振翅可引起北美的一场飓风，咱们的圈子就在那儿，不增不减。风靡他国的偶像巨星不如本国一个三流明星叫得响；推动人类发展的科学巨匠不比身边的一个暴发户让你先知道；这是不可逆转的事实，也是人类视线的共同局限性！

曾听人说，一个普通人，若是无重大历史意义，死后三年个人档案即会被销毁。想到人生艰辛走过近一个世纪的风风雨雨，最后不过是一个二十分钟的短暂回顾，甚至三年后会被历史永久遗忘、丢弃，年少的心便多么渴望永垂不朽、青史留名。乔帮主“活着就是为了改变世界”，在时代的大浪淘沙中，显得越来越像一句单纯的演讲词，事实证明了此种想法永远单薄幼稚。霍金的大脑也许可以不受时间、空间的限制，在浩瀚无限的宇宙中以光年的速度自由穿梭，可人类的视线终究打破不了时间和空间的拘泥。声震世界又如何？在遥远而又古老的非洲大陆，你的名字不如一块黑面包来得实在，青史留名又如何，纵使赵佶怎样书画绝唱、风流倜傥，历史留给他的不过是个末代昏君的剪影。

古人头顶着一轮玉盘大的明月即可勾勒出斯人“但愿人长久，千里共婵娟”的情思。可今人的视线早已远远企及月球表面的环形山，美轮美奂的诗句却成为绝唱。古人面对一望无际、深不可测的大海发出“水何澹澹，山岛竦峙”的慨叹，今人企及了玛利亚纳海沟遥远的深度，却只进步成将这片蔚蓝色的美景变成一个大垃圾桶。旅者说，风景总在别处，要让自己带着视线去云游四方，可亲历那些没有归属感的美，是否也会想自己身边的风景才是最为动人、亲切、温馨？

也许，青年应该有胸怀天下的胸襟，应该有达则天下的抱负。可是，人不是上帝，纵使有圣徒般博爱的心，也没有全知全能普度众生的能力。“墙角的花儿孤芳自赏时，世界便小了”，这是与冰心一脉相承的泰戈尔对人性的思考。而有时，我们最欠缺的即是欣赏自己身边风景的达观与淡定。当牛顿在巨人肩膀上看到更远时，他是否能留意到脚下一株小花呢？

在托马斯弗里德曼口中这平的世界，我们和无数未知的人共同头顶着同一片蓝天，生活却无任何交集。也正因为如此，与其追求“一屋不扫扫天下”的虚无与缥缈，倒何妨去经营好自己最熟悉的小圈子？

既然是你能看清他和她的脸庞，我自然更愿意站在阳台上做闲时的眺望，也接接地气。

站得更高，看得更远，站得不高，看得真切。

致罗宾·范佩西

作为一个阿森纳球迷，最能理解的莫过于职业体育的球员更迭，从亨利到法布雷加斯，从亚历山大·宋到范佩西。纵使我们八年无冠，却绝不会为曾经的背叛斤斤计较，失去风度。

可是，罗宾·范佩西，你昨夜进球后肆无忌惮地滑跪大肆庆祝，却真的刺痛了我们的教授，刺痛了每一个枪迷的心。

你也曾是我们心中执着的骄傲，在海布里，在酋长球场，枪迷见证了你的成长与蜕变，你也为我们留下了无数值得回味的光辉岁月。可当化蛹成蝶，洗尽铅华，亲吻队徽的约定成了最不值钱的誓言，你终究选择了加盟死对头红魔。从那一刻起，也许红白的血液早已从你身体中完全抽离。你可以在梦剧场大肆亲吻队徽展示你新的“忠诚”，你也可以轻易地忘却昨日唯我忠诚兵工厂的海誓山盟，你更可以踩着老东家的尸体拿到你梦寐以求的奖杯。

这些，我们早已看开。

但是有的事情，我们却想不明白。我们不明白，你怎么可以忘记你离去时教授挽留的眼神，怎么可以忘记北伦敦八年教授如同父亲般对你的爱护，怎么可以忘记是谁把你从费耶诺德的毛头小子培养成了今日如日中天的神锋。当教授赛前还坚持把你当作阿森纳人袒护你时，你用奔跑滑跪加撞胸的激情庆祝给了教授一记最响亮的耳光。当枪手大势已去教授在场边无助而焦急时，你在与新帅莫耶斯的谈笑声中甚至不愿投去一个安慰的眼神。

这就是你，范佩西，教授最钟爱的范佩西。你用实际行动，打在了教授脸上，痛在了枪迷心上。

从海布里到酋长，本该有一座属于你的丰碑。

大度的枪迷从来都明白，足球场上没有绝对的忠诚。我们怀念亨利，我们尊重法布雷加斯，就像凤凰城会为老去的纳什追逐梦想而祝福，就像老特拉福德永远会用掌声欢迎他们的英雄罗纳尔多。可是你范佩西，你的决绝让你永远也得不到同等的待遇。你不再是那个横刀立马的范大将军，你不再是那个无所不能的罗宾侠，你更不是无上光荣的枪王之王。

如今的你，不过是曼彻斯特的一个进球机器。

你根本配不上教授对你无限的纵容与偏袒。

你更配不上枪迷的赤诚之心。

也许你得到了冠军，可你失去的，是绿茵场上永远骄傲高贵的红白色灵魂！

经验阻碍人类社会发展

归根结底，人类社会发展终究是一个新思想取代旧思想、新事物取代旧事物的过程。然而推陈出新的过程并不一帆风顺，从四大文明古国的衰落到中国近代民主主义革命的举步维艰，从启蒙运动发展的层层阻力到新世纪中东颜色革命的进退维谷，经验对人类社会的阻碍从来就不可忽视。经验运用得越纯熟，旧事物对新事物的阻碍就越大，近代中国封建社会发展到极盛却无法顺利过渡到资本主义社会即是明证。

人类要发展，社会要进步，就必须有新的事物产生。毫无疑问，创新是人类发展的本源动力。可创新的产生却绝不来自经验的积累，从社会角度来看，是由于旧的经验解决不了新的矛盾；而个人角度来看，因素就更多，成长环境、受教育经历、智商，甚至很多时候就是单凭个体的灵光一闪，而绝非经验积累带来创新这样一个想当然的逻辑。相反，从铁船推迟出现到交流电的曲折发展，从氩气灯的偶然诞生到现代力学体系，经验对创新的阻碍却无时无刻不在上演着，一个个让人扼腕的例子已无须再去赘述。人的本性就是走捷径，就是拿来主义，有现成的经验摆在那儿，试问有多少人能熟视无睹埋头搞创新呢？但是这样的人又确实有，他们叫伟人，而这也就是他们区别于普通人的地方。他们的成就是巨大的，可他们的数量却少之又少。

我们不能否认经验有其维持稳定的作用，就像我们不能否认人与人之间是有差别的。我们可以允许平平凡凡的普通人一辈子循规蹈矩用前人的经验过完一辈子。但是我们绝对不允许靠山吃山这种价值观被推崇！我们推崇的是那些挣脱经验枷锁的人，是那些开拓创新进取的人！山虽高，山无绝顶我为峰！路虽遥，路到近处脚为径！也正只有这一小部分人，才真正推动了人类社会的发展与进步，成为人类历史长河中闪耀的明星，即是乔布斯口中改变世界的人。

毛泽东先生说过，世界是你们的，也是我们的，但世界终究是你们的。是的，我们的经验也许有用，但真正推动这个时代发展的确是你们年轻人的朝气和创新。如果人类社会只拥有老一辈人的经验，那这个社会必将江河日下，成为一潭死水。反之，只有打破经验的桎梏，勇敢地走向未知的领域进行探索、求知、创新，才能真正将人类社会推到更高的高度！

诗六首

雨天·心碎

我的泪像那天的雨水
倾盆而下注满伤悲
城市街灯，温存迷醉
空留我在幽巷中寂寞徘徊
风吹得让人疲惫
冷的咖啡还未来得及续杯
独自发呆，只觉得心好累
却再也忆不起你侧脸的美
邂逅是一场轮回
我等你等到憔悴
守候的心在诗里消散纷飞
雨天，只听见心碎
……

无题

繁星点缀的夜空
拂在脸上的微风
对着天开始想象
脑中浮起全是你的模样
合上眼痴傻的笑容
模糊在城市的街灯霓虹

一个温存的念头
不知在为谁跳动
错过正在流逝的岁月青葱
谁知何时再次相逢
一颗心还走不出朦胧
恨自己真的没用
止不住抽痛

注定的错过

没有地址的邮戳
盖不上谁的承诺
没有誓言的分手
回忆只剩下离愁
想过千遍说爱你
却已等不到你的回头
风中飘散着谁的情话绵绵
早就注定换不回你的如花笑靥
一次等候
想象过多少的温柔
却经不住时间的磨洗
在记忆中慢慢长出了锈
心，在喧嚣中止不住寂寞
原来是，谁都没有错
我们注定要错过

爱你·不提起

短信提示音在角落里偷偷地响起
震颤了我断断续续凌乱的回忆
拿起手机发现来信人是你

竟在心里激起一阵莫名的涟漪
几个字也许并无深意的短语
勾起了我自作多情纠结的情绪
小心翼翼找寻似有似无的默契
却明白那种心有灵犀已是多余

按键写对你的感觉华丽丽
深爱着你我却从未提起
天青色等来一帘又一帘烟雨
你却模糊在我视线里不再清晰
按键写对你的感觉华丽丽
恪守爱的秘密哪怕你不在意
想找一个表达爱浪漫的相遇
却发现你心对我已停机

埋头苦恋

记得那是我们第一次邂逅
午后的阳光慵懒地洒在窗头
你在门口漫无目的地等候
我却悄悄凝视起你清澈的双眸

触电般埋下了自己的头
却还止不住回想心的感受
不知所措的神经开始为谁颤抖
原来爱上一个人可以没有一个理由

朦胧的感受在迷醉中疯长出头
苦练的单相思让我憔悴到消瘦
还未来得及为你写歌伴着虫鸣声弹奏
炽烈的感觉我坚持燃烧到最后

写给青春

小草由绿变黄
绿树悄然成长
恨拙笔有心绘不出一曲离伤
在心里萌芽的却是一份彷徨
秋风斗在脸上
夹含桂花芬芳
蒲公英吹散了心中一丝期望
走过斑驳院墙
聆听岁月浅唱
原来记忆飘零成过往
再见，年少的轻狂
难舍，懵懂的痴想
流年里
终究要挥别青春最炽热的渴望
沉淀下来
只为静待梦想的果实在盛夏里绽放
只是止不住回想曾经旋律依旧萦绕在耳旁
青春舞台却残留一地淡淡的感伤
梦还在徜徉
叹流年无情空留些许迷惘

后　记

一个多世纪之前，黄侃先生告诫学生说："三十不发文，五十不著书。"想来如今我年方十八要出所谓的文集，自是有些诚惶诚恐外加心里打鼓的。

不得不承认，自己的文字在大部分时候并未曾有超出自己年龄的成熟与睿智，反倒更像是一种浅阅读后浅思考得来的意气之作。也罢，生活阅历不够丰富，文字锤炼也欠火候，这样背景下的创作让我确乎是很支持黄先生的论调了。

然而，却又总禁不住为自己做个无力的诡辩。让我在这里庸俗地说，时代在变，百年春秋的岁月变迁为黄老先生的话注入了历史局限性。中国文人向来是讲求含蓄不外露的，这种内敛的性格注定我们不会也不愿肆意地表达，但在如今这样一个信息无比开放的多元型社会，缺少勇于发出自己声音的尝试往往便成为思想学术交流、前进的羁绊，若还硬要将年龄当作表达想法的限制倒显得有些刻板而有失偏颇了。

诚然，年轻的文字缺少岁月的磨洗与提炼，也许经不起细细推敲，但它至少反映了一个年龄段对社会万象的思考，倒也自诩有番童真的随性。哪怕很幼稚，我还是愿意献丑将自己的声音拿出来分享，思想有高低，但应无对错，既然无伤大雅，何不让文字的激流肆意碰撞、交汇从而奋勇前进，又何妨诸君贻笑大方呢？

也许多少年后，回看自己曾经的文字，多少可能会觉得有些可笑，但我想更多的一定还是会骄傲，骄傲自己曾经的年少轻狂，骄傲自己曾经的意气风发，骄傲自己曾经的指点江山、激扬文字……

我想，这就是我青春最特别的注脚。

本书的出版要感谢我的两位语文老师夏杰祥先生和周传月先生在百忙之中抽出时间为本书作序，也要感谢我的父亲漆德桥先生对我的支持，同时在此特别感谢我的母亲高霞女士将我初高中的随笔、作文精心编纂整理。没有你们，就没有这本书的出版。